# 再回
# 1949

蒋殊 ★ 著

山西出版传媒集团
山西经济出版社

·太原·

图书在版编目（CIP）数据

再回 1949 / 蒋殊著.--太原：山西经济出版社，2024.9. -- ISBN 978-7-5577-1378-2

Ⅰ. I251

中国国家版本馆 CIP 数据核字第 20240US525 号

## 再回 1949
ZAIHUI 1949

著　　者：蒋　殊
出 版 人：张宝东
项目总监：李慧平
出版策划：陈彦玲
责任编辑：吴　迪
助理编辑：李　鑫
插图绘制：靳双院
装帧设计：尚书堂
责任印制：李　健
出 版 者：山西出版传媒集团·山西经济出版社
社　　址：太原市建设南路 21 号
邮　　编：030012
电　　话：0351-4922133（市场部）
　　　　　0351-4922085（总编室）
E-mail：scb@sxjjcb.com（市场部）
　　　　zbs@sxjjcb.com（总编室）
经 销 者：山西出版传媒集团·山西经济出版社
承 印 者：山西出版传媒集团·山西人民印刷有限责任公司
开　　本：787mm×1092mm　1/16
印　　张：13.25
字　　数：140 千字
版　　次：2024 年 9 月　第 1 版
印　　次：2024 年 9 月　第 1 次印刷
书　　号：ISBN 978-7-5577-1378-2
定　　价：68.00 元

1948年,解放山东潍县时的朝阳桥(今亚星桥)。

张妤 供图

1949年1月15日,天津解放后,群众欢迎解放军入城。

张妤 供图

1949年4月24日太原解放后,市民夹道欢迎解放军入城。

王小毅 供图

太原解放后,人民群众欢迎解放军入城。

张妤 供图

1949年7月,宝鸡各界代表慰问中国人民解放军。

张妤 供图

1949年9月19日上午,以董其武为首的绥远军政干部和地方各族各界代表在绥远银行包头分行礼堂举行和平起义签字仪式。

张妤 供图

1949年10月1日,山西省武乡县党、政、军机关搭彩门、挂国旗,喜庆中华人民共和国成立。

王照骞 供图

1949年11月30日，第一批进驻重庆的人民解放军在市区街头受到市民夹道欢迎。

张妤 供图

1951年10月26日，进藏部队进驻拉萨。拉萨各族、各界2万多人热烈欢迎解放军入城。

张妤　供图

◎自序

# 1949，中国图景速写

一次刷视频时，看到一个街头采访，对象是两位青年。当提到1949年时，她们毫不犹豫同时开口：开国大典！

激动人心、欢呼雀跃，是今天大多数人对1949年中国的深刻感受，人们印象最深的便是天安门城楼上那高亢激昂的声音：中华人民共和国成立了！

中国人民从此站起来了！

那么，1949年的人们，是不是都像天安门城楼下的人群一样，都以"站起来"的方式生活在和平安宁的蓝天下？1949年的战火，是不是完全停歇？1949年的田间，是不是春种秋收？1949年的青少年，是不是安然坐在教室里学习知识？

一直以为，一定是这样。可是有一天，我遇到一位老人，说到他少年的伤痛里有一份来自1949年的记忆，丢也丢不掉，抹也抹不去。

又一天，我遇到这本书的策划陈彦玲，她说，今天的青少年成长过程中需要有一份根基与精神。

# 再回1949

1949年，到底是什么样子？1949年的人们，又有着怎样的经历与际遇？

带着这些疑问，我开始寻访1949年的亲历者。

第一位受访人，已经是2017年的事，他是我的老乡——山西武乡县83岁的赵炳旺老人。他是我前一部作品《重回1937》的受访者，时隔两年重提旧事，老人再次痛哭流涕。平静下来后，掏出两年前那块灰白的手绢擦干泪水，细细回望他血泪斑斑的少年记忆，然而层层苦难中，却隐约透出一份梦想与不屈的少年坚毅。

1949年的记忆，就从我家乡的土地上慢慢打开，由模糊到清晰。

在磕磕绊绊寻访了10位当事人之后，头脑中关于1949年的中国轮廓越发明晰。1949年的中国，1949年的中国青少年，让我一次次震惊，一次次感动，一次次体会到他们身上独有的印痕！

于是，我迅速对受访人标准做了调整，从乡村辐射到城市，从山西扩散到全国，除年龄达标之外，又综合考量了地域、职业、经历等多方面元素。我努力做到每个1949年的亲历者经历都是独特的，记忆都是不重叠的，所处环境都是不一样的。

寻找合适的受访者便成为极其艰难的事。于是，一遍遍找朋友，求线索。在大家的帮助下，信息接踵而来，犹记2018年10月的一天，我竟一口气接触了6位81岁到87岁的老人。

更让我惊喜的是，这期间正好去西藏采风，行程中，我在当地朋友的推荐下，见到时年86岁的藏族老人洛桑曲达，收获了又一份与众不同的1949年记忆。

我的受访人群体越来越大，当年的地域分布越来越广，北京、天津、河北、河南、山东、山西、陕西、浙江、江苏、内蒙古、西藏；他们受访时的身份也越来越丰富，工人、农民、教师、医生、画家、曲艺家、歌唱家、作家……人物越来越丰满，故事越来越迥异，地域越来越宽泛，历史越来越清晰。

就这样，断断续续两年采访时间，我接触的人数近40位，删掉一些经历相似、事迹不太典型的当事人之后，最终选定24位主人公的故事，定名《再回1949——那时少年，那时的梦》，于2019年7月由湖北人民出版社出版。

那一年，是新中国成立70周年。那一年至今，已经过去5年，这本书中的故事，也影响了一个又一个70年之后的书中同龄者。

当然，这本书的价值与意义不仅仅是读者。收到书后，书中的主人公、当年18岁的战地画家李夜冰感慨地说，"新中国一路走到今天非常不易，希望今天的人不忘曾经的苦难，认识到这本书的珍贵"；书中另一位主人公、著名民歌演唱家刘改鱼高兴地说，"把我写进书里，把我们那一代人写进书里，把那些琐碎细微却无比重要的事写进书里，是很值得、很有价值的事"。

很多人看到这些故事的价值。很快，以这本书中的主要故事录制的音像版《我为祖国绘梦想》，于2020年10月由山西春秋电子音像出版社出版，15篇文章的音频在学习强国平台点击量很快就超过300万。

时间一天天走过，就在我以为读者已经淡忘了这本书中的故事时，2024年元旦过后，湖北人民出版社又传来一个令人惊喜的消息，那就是《再回1949》已经于2023年12月由延边教育出版社出版了朝鲜文版本。看着封面上那些一个都认不出的朝鲜文字，我知道这些故事即将深入又一个群体。

其实，《再回1949》出版后，我寻访1949年亲历者的脚步并没有停止。不管在哪里，只要遇到经历过1949年的人，我就会停下来，慢慢听他们给我讲述从前。

细细想来，因此走访过的1949年中国青少年超过50位。新中国成立75周年之际的2024年，这些故事再一次与山西经济出版社结缘，决定以全新的方式再版。这是作者的幸运，是书中主人公的幸运，也是读者的幸运。于是我再一次细细打量这些75年前的青少年，细细品读他们当年的往事，又将前一个版本遗憾错过的故事全部充实进去，主人公达到29位。

当然，今天的遗憾在于，我不能像5年前初版时那样，将这本书一一送至书中的讲述者。今天，有多位主人公已经不在人世。

感谢他们，留下1949年的故事。

再版的这部作品中，1949年那些亲历者年龄最小的8岁，最大的20岁，他们当初都是青少年，生活地域涉及11个省份23个县市村庄。

清晰地记得那段时间，跟着这些受访者"再回1949"，如农民般一寸寸刨开脚下的土地，翻检着被岁月深埋的记忆。

一次次回忆，一遍遍聆听，更多的感受是，在为曾经那些亲历者惋惜、叹息之际，却欣喜地发现中国青少年从未离开过梦想，从未惧怕过阻碍，从未放弃过努力。在一件件、一桩桩看似过不去的坎儿面前，他们不惧怕，他们敢担当！

那些日子，我跟着不同的人天南地北穿越、漫游，不时跟着一个个主人公回到街巷、回到地头、回到炮声中、回到避难路上。时而成为一名穿着花棉袄、追着牛羊在山坡上奔跑的孩童；时而又成为坐在燃烧的废墟里哭泣的那名少女；时而又化身那名执着扛起枪支上战场的小战士！那些受访人也是如此，忽而欢乐地大笑，忽而难过地掩面，忽而又骄傲地激情四射。但所有的人，都感念在时隔70多年之后重返青少年，重返那些值得铭记一生的欢喜或伤悲。

29位在1949年风云中成长起来的青少年，相继活跃在我的文字里，携手进驻在我的作品中。

这一次，我也用全新的方式与他们面对。每听完一位讲述者的故事，我便将他当年所处的地域、所行走的路径标于纸上。当29位讲述者的足迹全部呈现，我将那一个又一个点轻轻相连，惊讶地发现竟是一幅纵横交错的庞大地图，像是一幅1949年的中国图景速写。

看着那张地图，似乎看到当年的青少年们千疮百孔的足迹，看到他们挣扎，奋起，呐喊；看到他们向上，向善，逐光！

面对苦难，他们选择相信：

相信自己有力量，

相信前方有阳光！

再回 **1949**

# 目录
## Contents

**诱人的护士装**
001

与小表姐一起被人夸为双胞胎小姐妹,她们眼里最美的却是在医院病房忙忙碌碌的大姨,因为她头上是一顶折边护士帽,身上是一件收腰护士裙。

多年以后他无数次回想,当年上兰村那一大片一大片的,到底是桃花、杏花,还是别的什么花?王秀春不明白,一个男孩子为什么喜欢粉色的花?或许,那些花,柔软了不远处的那座城。

**酸溜溜的草,粉嫩嫩的花**
007

**小花戏路上的温暖肩膀**
014

**被定格的红**
019

**游戏里的英雄梦**
026

再回1949

# 目录
## Contents

**取草帽的那个雨夜**
032

被兵伤害过,对枯井里的兵好奇过,被递来草帽的兵吓跑过……一支一支队伍,一个一个兵,交替叠加在王宗仁的十岁记忆里。

学校,戏台,山坡;纺花,打绳,松鼠……"小先生"的村庄风生水起,"小先生"的心思却在讲台。

**村庄里的"小先生"**
038

**"凤凰城"上空的隆隆机声**
044

**红棉袄,蓝蝴蝶**
051

**国旗飘在金村天空**
058

# 目录
Contents

进山，上山，处在高处山中几乎与世隔绝的小村庄。没有正规老师，没有正规学校，多年以后他却走出这座大山，成为一名大学生。

**父亲惊喜的一巴掌**
064

**回家的哥哥像乞丐**
069

1949 年，零散存在曲润海脑海里的是挂在村口一颗颗可怕的人头，以及新中国成立后的欢欣鼓舞。然而最忘不掉的，是在太原打工的哥哥翻山越岭，通过层层封锁，乞丐一般地回家了。

**天安门城楼下一双清澈的眼睛**
075

**戴着红领巾入军营**
082

**大河中飘浮的笑声**
088

# 目录
## Contents

**扔炸弹的飞机变成风筝**
**093**

传说中,解放军都是像魔鬼一样青面獠牙的兵。然而有一天13岁少年储福昶从门缝里偷偷望出去,眼前的景象却让他大吃一惊。

1949年,14岁的许笑梅有了自己的大秘密。尽管就站在阳光下,她却只能将秘密死死藏在心里。

**阳光下的秘密**
**099**

**花轿中的新娘14岁**
**105**

**家门口送别解放军**
**111**

**坐着绿皮车求学省城**
**117**

# 目录
## Contents

山路弯弯，长路漫漫，一辆负重前行的汽车，翻山越岭，驶向心目中的光明之地——重庆。

**翻山越岭去重庆**
123

**日乌曲林寺的小和尚**
130

1949年，16岁的洛桑曲达是西藏山南日乌曲林寺一名小和尚。但他在这里的目的，却并非做一名合格的僧人。

**陕坝的宁静时光**
136

**袜子里的秘密**
141

**被软禁的少年**
147

# 目录
## Contents

**西红柿的尘世幸福味**
**153**

一口一口,少女鲍亚强就在女战士面前吃下人生中第一颗西红柿。从此,再没有一种蔬菜或者水果的味道,超过那个西红柿。

没有人可以想象出,在炮声轰隆的战场上,却时时有琴声的悠扬、鼓乐的激昂、色彩的力量。这些色彩与声音,与枪炮声一道,铭刻在 1949 年的战火里。

**烽火中的色彩与琴声**
**159**

**尸体堆中苏醒**
**165**

**"撂蛋蛋"孩子们身后那双眼神**
**171**

**众说《再回 1949》**
**176**

**跋**
**182**

> 与小表姐一起被人夸为双胞胎小姐妹，她们眼里最美的却是在医院病房忙忙碌碌的大姨，因为大姨头上是一顶折边护士帽，身上是一件收腰护士裙。

## 诱人的护士装

受访人：李月萍，天津人，1941年出生，1949年8岁

天津和平路与哈密道交口处，有一个叫"四面钟"的地方。这是一栋两层楼高的灰色建筑，始建于1902年。二楼转角处，有一个漂亮的钟楼耸立在高处，圆拱形的门窗，拱起的三层上，东、南、西、北侧各有一块罗马表。每到整点，钟声便"当——当——"在上空响起，因此被称为"四面钟"。而它周边方圆约0.125平方千米的路段，也统统叫作"四面钟"。

20世纪20年代末，四面钟北侧盖起中原公司大楼，南侧法租界盖起劝业场、天祥商场、浙江兴业银行、国民饭店等几处大型建筑，还开通了有轨电车。因其地处日租界旭街，也更加繁华。

李月萍的童年，就在这里度过。1949年1月14日，东北野战军参谋长刘亚楼指挥发起天津战役，只用了短短29个小时，就将天

津这座特大城市收复。李月萍和同龄的小朋友们，得以早早享受到和平的阳光。

她的家本在金钟河铁路宿舍，但因姐弟较多，因此作为老大的她便被姥姥带在身边，住在姥爷所在的天津市卫生局宿舍。与她同在姥姥家生活的还有大姨的大女儿、大她一岁的小表姐。因舅舅与姨姨们都已参加工作，因此姥姥家的经济条件在当时非常不错。

卫生局宿舍是二层楼房，位于河北路与哈密道交会处。那个年代，这样的楼房很少。"三层台阶上去，才是楼的大门。"李月萍记得特别清楚，"大门进去是深深的、长长的长廊，里面顺木质楼梯而上，踩上去发出咯吱咯吱的响声。上去再拐回来，就是我们住的房子。"

李月萍姥姥的房子，正好在大门正上方，还带一个小晾台。常常，她与表姐坐在晾台上，看远处的四面钟，看街上的房子与人。尽管那时候行人车辆不多，但从这样高高的视野望出去，毕竟是一道难得的风景。

为了不分心，两姐妹写作业时总是按照姥姥的要求，背朝大街。而放学遇到大人还没到家时，姐妹俩就坐在大门口的楼梯上等，或者在前面的空地上跳皮筋。

"我和表姐都很瘦，可以跳很高。"说起那时候的日子，李月萍忍不住感叹，"很快乐的童年。"

李月萍姥姥家可以说是医学世家。姥姥的父亲是北京协和医院的外科大夫，在当年无人不晓。姥爷先是眼科医生后转至卫生局工作；大姨是护士，大姨父是妇产科大夫；做妇产科大夫的还有舅妈；父亲是药房主任。因此在李月萍记忆中，家里人茶余饭后讨论的话题大都与病人有关，与病情有关。比如今天哪个病人生了什么稀罕病，哪个眼看不行了又被抢救过来，而哪一个却没有治好遗憾死去。对于死去的病人，大家还要分析讨论一番，争执一下哪个环节不到位，出了问题。

李月萍与表姐，从小就浸泡在这些医学知识里。然而从医的人都很忙，她从小就知道，做药房主任的父亲从来没有一个大年三十在家度过。那时候医用盐水、葡萄糖，都由医院自己制作。因此遇到重大节日，当主任的父亲便要自己留下来，让平日里忙碌的医生们回家过一个团圆节。

也因此，那时候每个周日，李月萍都要从姥姥家回到自己家里，帮助母亲干一些活儿。回家的交通工具，是有轨电车。

天津市第一路有轨电车为白牌，俗称"白牌电车围城转"。之后陆续开通了"红、黄、蓝"三牌电车，均由北大关为起点。李月萍乘坐的是"黄牌"电车，从四面钟车站上车，经大约5站地之后到金钟河下车，步行回家。

远远地，那一排一排的平房就是她所在铁路宿舍的家。回去第一件事，就要给弟弟妹妹洗衣服，每次都要洗到浑身出汗。李月萍说干完再回到姥姥家，一定会生一次病。因此姥姥还曾心疼地对她说："咱以后不回去干活了。"

那时候，李月萍的大姨在姥姥家附近一家大医院做护士。因距离较近，常常回来看望她们。大姨的手也巧，给女儿做衣服时，总要一模一样做两件，一件给女儿，另一件给李月萍。相差一岁的两姐妹，长相、个头都差不多，又每天一同上下学，走在路上总惹得行人注目：双胞胎吧？

李月萍与表姐最爱做的事，便是每天午间，一起到医院给大姨送饭。做护士工作的大姨很忙，没有时间回家来吃饭。而送饭这份差事，又是两姐妹极爱做的事。每天上午放学，她们总是以最快的速度跑回家，再以最快的速度吃完饭，之后，抢着拎起姥姥装好的饭盒袋，蹦蹦跳跳跑向医院。

"真是一个神圣的地方！"李月萍今天依然要感慨。记不清大门，记不清外观，深深印在她记忆里的只有病房，整洁、干净、宽敞。

一推门，或者有时在院中，李月萍远远便可看到大姨。

大多数时候，大姨忙忙碌碌，跑进跑出，安顿着一个个病人。李月萍与表姐便站在病房一角，看大姨工作。有闲的病人或家属，便要齐刷刷看过来：哟，漂亮的两姐妹又来了！

两姐妹羞涩而喜悦地接受着大家的夸赞，眼睛却不停歇地盯着那个熟悉而陌生的护士。

"太好看了！"她欣喜地回忆着，"白色的护士服把腰收得细细的；帽子带个宽边，然后翻下来，特别好看。"

这个形象，就是大姨在李月萍脑中的形象，也是护士留给她的形象。之后多少年，她觉得护士就该是这样的形象。

有时候，医生也在。有的病人似乎很痛苦，医生便走过去，微笑着问一阵，掏出听诊器听一阵，再用手在什么部位按一阵。之后护士再过去安慰一阵、解释一阵。还有时候，大姨的手就轻轻放在病人手上、身上。病人的脸上，立即绽出笑容。

医生的工作，护士大姨的工作，崇高而神圣。

"长大以后，我也要穿上这样漂亮的衣服，走进这样的病房。"幼小的李月萍，在内心种下这样一颗种子。

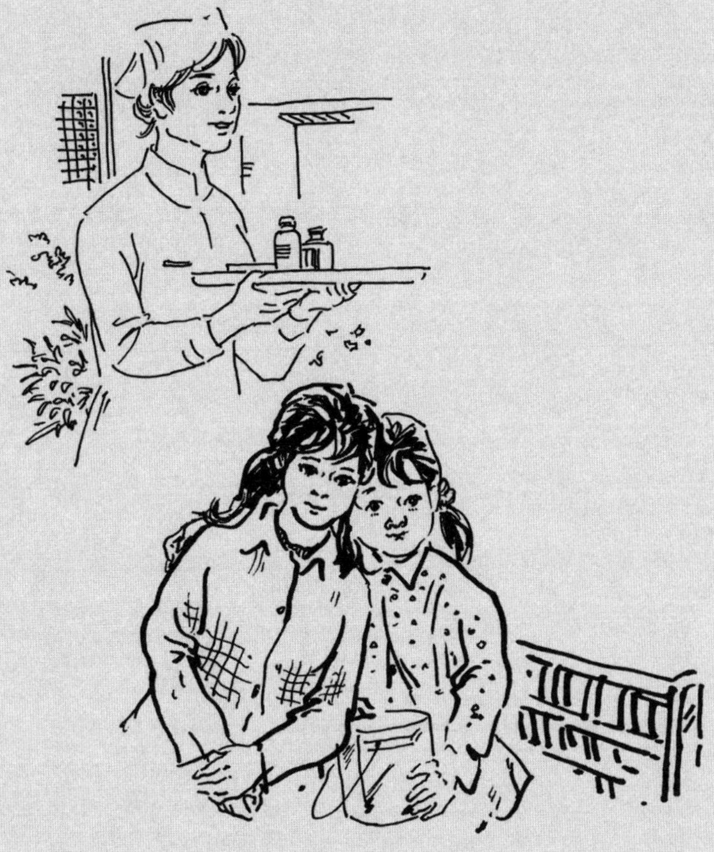

果然，16 年后的 1965 年，李月萍如愿考取了天津医学院医疗系，此后被分配在山西医科大学第二医院，在呼吸科临床工作多年，从主任医师位置退休。当年与她同上学的小表姐，也与她一样考入同一所大学，一生投身医疗事业。

多年以后他无数次回想，当年上兰村那一大片一大片的，到底是桃花、杏花，还是别的什么花？王秀春不明白，一个男孩子为什么喜欢粉色的花？或许，那些花，柔软了不远处的那座城。

## 酸溜溜的草，粉嫩嫩的花

受访人：王秀春，山西太原人，1940年出生，1949年9岁

一头小毛驴，两个柳条筐，哥哥与弟弟，是王秀春记忆中1949年初春的画面。

那时候的太原，阎锡山军队死守城内。城外，共集结了3个兵团、10个军、36个步兵师和2个炮兵师，1300余门火炮，连同总指挥部补充的15000名新兵和傅作义部改编的4个师，25万人对这座城形成合围之势。各城门防控更加严苛。有能力的百姓，已经提前离开。剩下的人，只有窝在城内听之任之，包括王秀春一家。

恐怖的气氛，未卜的日子，王秀春的父亲想到太原市北郊向阳店的亲戚，就想着把孩子们送到那里躲躲。

酝酿了几天，父亲雇回一头小毛驴，院中两个筐左右各一只，将王秀春与弟弟一边一个放进去。年幼的王秀春记得清，他们是从

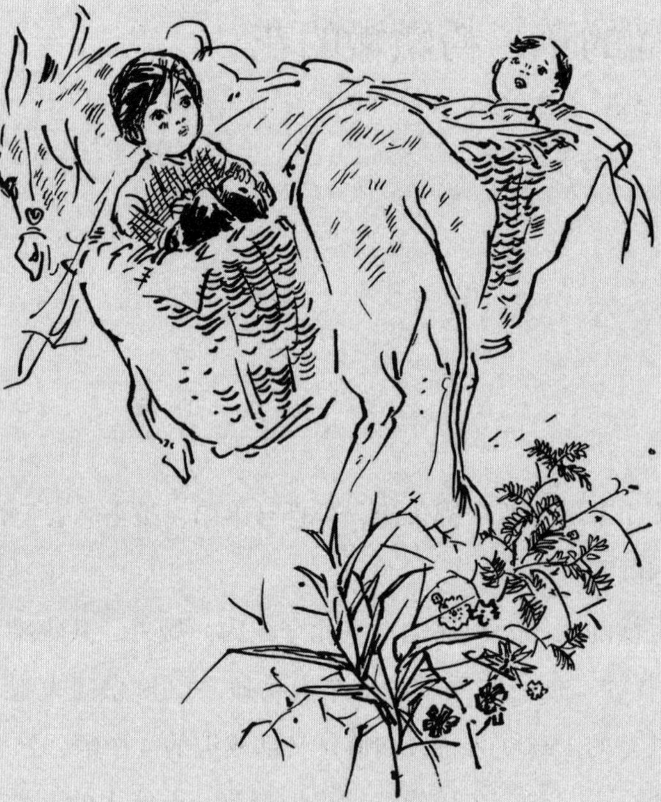

大北门出去的,那是一个呈回字形的城门。出城时,父亲拿出事先准备好的一包东西,塞进身边的守兵手里。

父亲做的是对的,那包东西让他们顺利出了城,通过战壕翻出城外,向着向阳店的横渠村走。空气立即变得清爽起来,所有人不约而同大口呼吸。王秀春与弟弟虽小,但也能感受到与城内不一样的气氛。

今天,开车从大北门出发,到向阳店大约半个小时车程。这一截距离,当年一头小毛驴走得并不轻松。年仅9岁的王秀春,自然不会对所用的时间有印象。他的记忆里,只是城外的开阔与乡土气息,以及后来常常与弟弟在庄稼地里翘首以盼父亲的场景。

原来,父亲送他们到向阳店的三舅家后,自己又返回太原城内,为一家人的生活打拼。父亲在城里开一家杂货店,叫义垣号,像现在的超市,印象中货品种类齐全。每天放学回去,王秀春总是第一时间跑进去,拣些好吃的放进嘴里。

可惜,义垣号被关在城里,这或许是王秀春出城最遗憾也最不舍的事。他只好与弟弟一起,按照约定的时间眼巴巴在田边盼一个身影。与其说是等父亲,不如说是等食物。对于幼小的哥俩来说,完全意识不到他们离开的那座城有多危险,而依然不得不身处其间的父亲,也极其不安全。

父亲一次次践行着自己的诺言,大概十天半月出城一次。

王秀春后来想,是不是每次出城,父亲都要给守卫的哨兵一包东西?

远远地,一个身影从不平坦的小路飞速而来。那辆自行车很破,却强过小毛驴百倍。父亲飞驰而来的影子由模糊到清晰,潇洒,亲切，温暖。

最初，父亲还带些义垣号里的稀罕吃食来，但很快就没有了。大多数时候是拿一只桶，里面装着豆瓣酱。王秀春说是用喂牲口的豆饼发酵后做成的。不过在他与弟弟眼里那也是最好的美味，因为天天饿得不行。

父亲的义垣号开不下去了，城内粮食奇缺，国民党的兵甚至把他们家柜台上的猫都抱去吃了。

自解放军的炮火控制太原所有机场后，国民党兵主要靠空投的物资也没了渠道。偶有从天而降的麻袋包砸进民房，一些抢粮的市民随后就被扫粮队打得头破血流。战役后期，市内酒厂、醋厂库存的糟糠和油房的豆饼成了抢手货，一块豆饼最贵时卖到二三十块银圆，一些市民一天只吃一顿豆饼，连野菜都没有，许多人患上夜盲症。市面上传说，有人抱着金子被饿死，首义门有人当街卖人肉包子。

为节省仅有的粮食，阎锡山以避免炮弹造成伤亡为名，将城内的老弱病残送出城，但这些难民大多难以通过封锁线，经常是早晨离去晚上又回来。

王秀春与弟弟是幸运的。他们离开那座恐怖的城，不用担心战争的恐惧。有时他会跟着三舅去种地，帮着推一辆装满粪的独轮车。独轮车在窄窄的小道上吱吱呀呀响着，音符般律动着王秀春的童年。

太原城内，王秀春的家是一座四合院，困难时期，父亲把周边的亲戚都叫来同住。但城里形势一天比一天严峻，最后父亲也迫不得已跑出城，把仅剩的一些物品带到向阳店摆了一个小小杂货摊，补贴艰难的日子。再后来一段时间，他们又住到上兰村大姑家。

上兰村处在太原北面，地势比太原城内要高，爬上房顶便可望到太原那座被困的城。城内城外不同的战士，剑拔弩张。城内的百姓期待着这座"牢笼"早一天被打开，还以自由身。在村里，他几次听说傅作义的兵来了，大人孩子就跑出来看。那些兵头戴皮帽子，有时候就在百姓的院里做小米饭吃，还炒土豆丝。

土豆丝的香啊，能飘满整个村庄。王秀春远远看着，闻着，水口止不住地咽进瘪瘪的肚子里。以至于今天一见到土豆丝，心中就涌上无法抵制的食欲。

吃不到土豆丝，他就与弟弟一起跑到地里，看那些生长的草哪些可以吃。不认得品种，不知道名字，看到顺眼的、娇嫩的就挨个拔起来尝。果然，他常常有新发现，比如有些草酸溜溜的，味道极好，他就一把把拔来当零食吃。

上兰村的记忆里，还有一大片一大片淡粉色的花。多年以后他无数次想，到底是桃花、杏花，还是别的什么花？始终不得而知。王秀春也不知道，一个男孩子为什么喜欢粉色的花，常常一大捆一大捆地采，然后背回大姑家。有时在路上歇歇，望一望远处，想想什么时候可以背着这些粉色的花回到那座城。

城外与城内，是两个世界，城外的天地无比自由。大人不管他们，他就带着弟弟跑去看汾河的水。有一个地方最吸引他们，那里有气势雄伟、壁立峻峭的一块裂石，还有石隙中清澈流动的溪水。水中一条条鱼清晰可见。多年以后他才知道，那个地方叫烈石寒泉，是古晋阳八景之一，也是20世纪80年代中期以前河东居民的生活水源地。早年，傅山先生也常常流连于此，读书作文。

老人们说，新中国成立后最初的秋季，还能在那里见到一排一排的木筏顺河而下的壮丽画面。

太原解放战役，终于打响了，昏天黑地。王秀春与上兰村的孩子包括大人，便爬上房顶看。枪声，炮声，轰鸣声，声声入耳。他们不知道什么结果，只跟着大人们担忧。之后回城，听城里人说，当时的场面太惨，爬上城墙的战士，一批批像被打的鸟一样从空中跌落。城墙根放着的一排排棺材，根本不够用。多年以后，王秀春专程跑到牛驼寨烈士陵园，了解当年他远远望不到的硝烟背后的故事。

枪声停了，大多数百姓还悄悄钻在地道里不敢出来。后来，有解放军进院喊："老乡们，出来吧，以后就安宁啦！"

彼时的王秀春，远远地与上兰村百姓看到焰火。从大人们兴奋的议论中，他知道，城外的兵打进去了，城里的兵跑了。

王秀春跟着父亲，回城了，回家了。没想到一进院，却发现家中的东西不翼而飞。

接下来的场景王秀春一生也忘不了，或者说他见证了父亲的神奇。他说父亲往院里一坐没多久，家里的东西竟一件一件陆续回来了。原来，是亲戚邻居以为他们一家不回来了，便把他们家的东西全部拿走了。

家园宁静了，王秀春被父亲送进解放路头道巷小学。他记得，老师叫马祥，方脸，英俊，眉毛黑黑的。马老师教他们音乐与体育课，唱的是《咱们工人有力量》《团结就是力量》。他说现在无论在哪里听这些歌，都没有当年马老师唱得好听。曲艺家王秀春的记忆里充满歌曲，还有大北门一带自由市场内的唱戏声。当年他不喜欢坐在教室听课，就跑出来听戏、听评书。一次听一段不过瘾，急得团团转。于是有人告诉他，可以借书看。他才知道，儿童公园那里有一个图书馆，书上有评书里说的内容。

新中国成立了，曾经的点滴慢慢恢复了，比如父亲又会像解放前一样，忙完生意就站在路边潇洒地一挥手：洋车——

一辆洋车应声停在身边。大多数时候，王秀春会跟着父亲，去听戏。

解放后的太原城，除了百废待兴以外，还布满陷阱。比如后来一段时间，人们在街上走着走着，突然地雷就炸了，有人就伤了。

城内没有粉色的花，王秀春便跑到旱西门一带，找曾经酸溜溜的那种草，有时能惊喜遇到，拔一些带回来，蘸了白糖吃。

> 动荡的岁月里,刘改鱼幸运地可以奔跑在一场一场小花戏的路上,尤其让她难忘的是路途中那只温暖的肩膀。

## 小花戏路上的温暖肩膀

受访人:刘改鱼,山西左权人,1939 年出生,1949 年 10 岁

"天亮了,鸡叫了,背着书包上学校。"这是少年刘改鱼每天要背的课,该做的事。

新中国成立了,还有许多事情她们这些孩子该知道,比如中国人民政协第一届全体会议闭幕后,毛泽东当选中央人民政府主席,新当选的副主席有六位。为了让孩子们记住,编者以顺口溜的形式写进教材里:朱德、刘少奇、宋庆龄;张澜、高岗、李济深。

这样分成两组,读起来很押韵。一段时间内,课堂里朗朗诵读声就像唱歌一样传出来,不仅孩子们清楚地记住了,连大人也都知道了。

尽管如此,当有人考村里的妇女谁是中央主席时,还有人答:蒋介石。刘改鱼笑说老百姓当时一听中央会想到"中央军",继而想

到蒋介石。

可是，她并不喜欢天天坐在教室里，啃那些书本上的字。

她的心，在舞中，在歌里。

"每天就想着唱歌。"幸好，她所在的山西省左权县是民间艺术之乡。刘改鱼又生活在左权县城。尽管社会动荡，但这些民间艺术并未间断。对她来说，最诱人的就是小花戏。

小花戏也叫"文社火"，起源于宋元或明初之间，至清末盛行于辽县境内。抗战时期，"小花戏"的叫法替代了"文社火"。1942年9月，为纪念八路军副参谋长左权在十字岭反"扫荡"战斗中壮烈牺牲，辽县改名左权县，"小花戏"被称为"左权小花戏"。

刘改鱼说，小花戏的特点就是"一小二花三有戏"。小，是指表演者年龄小，剧本小，演出场地小；花，是指表演者身形多变，活泼动人，主要道具彩扇、彩绸上下翻飞，呈现出百花盛开的效果；戏，就是要具有完整的剧情，以及活泼风趣的语言对白。

新中国成立了，小花戏自然要以自己的方式助威，刘改鱼和伙伴们盛装上场，边舞边唱："太阳出来东方红，新中国已诞生，全国人民翻了身，站起来，当家作主人。"直到今天，她还清楚记着每一个舞蹈动作，忍不住现场再似童年一般舞一段。

当家作了主人的农民，都得到什么？听听小花戏吧：

"母亲"唱：分了地，分了房
"姐姐"跟上：俺分了一件小棉袄
"父亲"笑：俺还分了头大黄牛
"小妹妹"跳出来：俺还分了一件阴单士林小布衫

# 再回1949

"小孙孙"也不示弱：俺还分了顶老虎帽

一旁安坐的"爷爷"举举手中的家什也开了口：俺还分了个大烟袋！

刘改鱼说，小花戏就是这样，即兴编，即兴演，把生活分享到戏里，也把知识融进戏里："种高粱，带小豆，玉茭埋在土里头。"

那个年代，吃是头等大事。人们穷怕了，饿怕了。尽管分了土地，有了余粮，但也总要一粒不剩存起来。为了让农民知道以后不会饿肚子了，同时也该把多余的粮食卖出去供给需要的人，小花戏编了《劝夫卖余粮》："叫一声丈夫你听仔细，卖余粮本是应该的，咱把那新旧社会比上一比，保管你推上车子卖粮去。"

当然，有了房有了地，还得春种夏忙秋收，偷懒是没有好收成的。为了告诫村里的懒汉，小花戏编出了《捉懒汉》，让每一个农民都动起来，用双手换取美好的生活。

小花戏大多在正月跳，服装就是过年的新衣。蓝底白花上衣，小花裤，初一早晨新崭崭上身，东家进西家出，一是拜年，二来给小伙伴们展现。一过初五，便要脱下来洗干净放在箱子里。10天后的正月十五，打开箱子再一次拿出来，穿起出门跳小花戏。发辫上，母亲用一块陈旧却鲜红的布条，系一个大大的蝴蝶结。

母亲出屋，从门上撕一片对联纸下来，有时沾水，有时就"呸"的一声吐上口水，抹在女儿嘴唇上，又涂在腮上。再拿起早准备好的一根麻秆，火上燃过，吹灭，给女儿画出两道弯弯的眉毛。

一个唇红眉黑齿白的小姑娘，花儿一般举着彩扇彩绸，带着比过年更好的心情欢跳着出门，进入一场一场小花戏剧情。

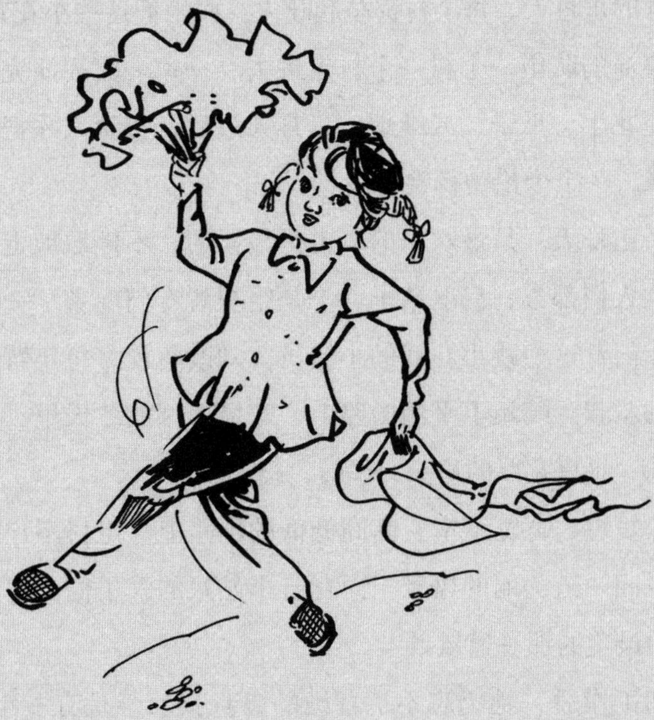

刘改鱼天生嗓子好，她说也是从小喊出来的。她是家里的老大，下面有三个妹妹一个弟弟，父亲便把她当男孩养，小小年纪就帮父亲送粪、送饭、牵牛。有时候把她一个人放在荒凉的山上，她说害怕呀，就自己喊、叫、唱。

说起"南街那个唱歌好的小姑娘"，左权人都知道是刘改鱼。

火红的正月天，每个村都垒起旺火。而她们这些小花戏演员们，要跟着表演的队伍一个村一个村走进去，一家一家表演完毕。得到的报酬是花生、瓜子，或纸烟。正月天过后，负责人才把积攒的酬劳拿出来，一个个论功行赏。

一个正月天，是最欢乐的，也是最累的。不停歇地走过沟沟坎坎，连大人们都累，何况孩子。于是组织者专门配备了一支特别的队伍，专门背这些跳小花戏的小演员。刘改鱼说，每年背她的是一位姓曹的叔叔。崎岖不平的山路上，寒风凛冽的冬天里，一个个小姑娘趴在一只只宽厚的肩头，温暖，踏实。

长长短短、宽宽窄窄、高高低低的山路上，走村串户表演的队伍成了乡间一道美丽的风景。而背着小姑娘的汉子们，何尝不是这支队伍中最美的那一道风景？

参加工作后，她仍忘不了背她的曹叔叔。于是有一年买了烟，专门回去探望。没想到的是，曹叔叔已经去世，给刘改鱼留下极大的遗憾。

新中国，小花戏，曹叔叔，成了她一生最暖的记忆。

三所学校，三种课本；三支队伍，三种作风。几年挣扎摇摆，终于拨云见日，却非"青天白日满地红"，而是五星红旗的红。

# 被定格的红

受访人：刘守垠，山东章丘人，1939年出生，1949年10岁

红有几种颜色？79岁的刘守垠会毫不犹豫回答：两种。

1939年出生的刘守垠有些特别，因少时家境富裕，5岁就得以到私塾读书。

"就像电影电视里那样，跟着先生摇头晃脑诵读《三字经》《千字文》。"然而这样的读书岁月，两三个月就终止了。

他还懵懂着，不知道日本人被打跑了，国民党改了教学换了课本。他被送进新学校。新课本第一页，先生告诉他们那是国父孙中山的遗像。第二页，是蒋委员长头像。第三页开始就是课文，他竟记得清：

天亮了，起来上学校。

来来来，来上学；去去去，去游戏。

## 再回 1949

接下来要吟诵山东当地民谣：

> 小清河，长又长，山东是个好地方，人口三千八百万，出产豆麦和高粱，牛羊骡马样样有，还有金矿与煤矿。

眼前似乎一片光明。最后高唱《青天白日满地红》。这是中华民国国旗歌，刘守垠记忆中的一句：同心同德，同一标帜，青天白日满地红！

他似乎还没有搞清满地红是哪一种红，学校又停课了。1948年9月底，刘守垠的家乡解放，他第三次推开校门，上的是解放军办的民主学校。书本上，换成毛泽东与朱德的头像。课文内容改为解放军是人民子弟兵，毛泽东是人民大救星。

学生们唱的歌曲，变成《东方红》。

然而"太阳"并不能顺利升起。由于解放了山东的许世友部队执行重要任务撤走，国民党还乡团乘虚杀了回来，开始反攻倒算。

不断抓人，杀人。

学校，再一次被迫锁门。

刘守垠对日本人的印象是大人传下来的，到他记事起，逃难的日子结束了。至今真切存在他脑中的，是国民党与共产党的兵。

尽管没有抗战时期严峻，但空气依然凝重到恐怖。他说当时村子里白天国民党兵横行，抢东西，抓壮丁。装备差的解放军晚上才从南山下来。他想了想说其实不是解放军，是当地的游击队，比如章丘武工队之类的队伍，也向百姓筹粮草物品，他们需要的衣服是

"青裤，白褂；青鞋，白袜"。

青，就是黑色。确实，电影里有过的形象，敌后武工队。这些队伍不像国民党兵，动员百姓支援是有条件的，比如说管吃管穿，这在当时很容易赢得支持。因为连年动乱，土地都荒了，百姓大多难以吃饱肚子。

他说那时候的村长特别不好当，常常要两面应付两面周旋，即便是倾向解放军，但也不敢得罪国民党的兵。有部队到来时，村长便要敲出不同的锣声，如果听到从容的"当——当——当——"，便知道是解放军来了；如果是急促的"当当当——"，一定是国民党的兵到了，便要赶忙藏起手头的物品。

那些年，国民党兵与解放军就这样此起彼伏，出现在刘守垠的村里。他说，因为都有近距离接触，所以留下深刻印象。国民党有一支七十三军，当时经过他们村住了一个晚上，是一个营的编制。没想到就这一个晚上，却出事了，一个士兵强奸了村里一位姑娘。

姑娘当然不让，告状了。

营长怒了，问可有证据？姑娘像之后电影里演的情节一样，说在他的屁股上抓了一把。于是营长下令，找一个院子，全部脱光，查！

果真，查出来了，还是一名副连长。

不到两个小时，这名犯了事的副连长被枪决。刘守垠说好怕呀，说杀就杀了。很快他们听说这位营长是黄埔军校毕业的，纪律严明。不过当时，他们并不知道黄埔军校是什么概念。

另一支在村里住过的国民军是九十六军。他说这些兵进村时手里举着锯子，腰也不弯，见到树就咔嚓锯断，然后拖到公路上做路障，后来知道是防万一追来的解放军的。他们不由分说，把百姓的门板卸下来，修筑工事。刘守垠说，那些兵到百姓家里，金银财宝首饰瓦罐，甚至牲畜，几乎都是一扫而光。刘守垠的姐姐后来跟家人哭诉，她的一双绣花鞋都被拿走了。

当地人于是暗地里编了一句顺口溜：九十六军红脖子，就是不要碾砣子。意思是这支队伍除了沉重的碾子实在背不动带不走以外，其他一概要拿走。至于为什么称他们是红脖子，是因为他们的脖子上统一围一条红布。

这些士兵中还有一些人，悄悄抓村里的青壮年。但他们抓到人并非带到部队，而是找个僻静处，与对方互换衣服，再把枪强行挂在对方脖子上，自己偷偷溜回家去。村里被抓走的七八个青年，有的侥幸跑了回来，有些就真当了"炮灰"。

与国民党兵相比，解放军自然就和善多了。刘守垠记不清是哪支部队，总之是正规军，在村里住了大概半个月，大多是安徽那边来的。因为有伤病员，就盯上村里的狗。但这些战士的作风与国民党兵完全不同，谁家有狗，他们就上门，拿出两元面额的北海币，把狗买走。

刘守垠回忆，当时一元北海币可换 2 斤（1 斤 =500 克）白面，一条狗便可换 4 斤白面，难怪老百姓也情愿呢。

解放军在村里住，要借被褥锅碗，但都能做到来时怎么借，走时怎么还。偶有弄坏的，就放下一块两块北海币作为补偿。

但解放军普遍装备差，缺军火，有些十几个人的战斗队，一个月才 30 发子弹。但国民党兵不同，装备好，子弹富裕。之前他们从村里离开后，刘守垠竟从他们身下铺的稻草里捡到 20 多发子弹。解放军战士不知道从哪里听到这些消息，也或许是猜测，就想法子跟他们这些孩子套近乎：有没有捡到子弹？刘守垠说当时他们这些孩子还怕解放军战士，就躲着走。后来看这些兵没有恶意，就大胆回答：

有！
能不能送给我？
不能！
你不就是想玩弹壳？交换行吗？两个换一个！
不行！
那，三个！

就这样，刘守垠用自己捡到的子弹，换得100多个弹壳。他说，后来父亲把弹壳当铜卖了钱，换了粮食。

多次近距离接触后，刘守垠摆脱了恐惧的心理，打破了之前国民党宣传的"解放军都是红鼻子蓝眼睛"的妖魔形象。

新中国成立了，刘守垠并不清楚，只是听大人说"老毛"掌权了！

他没见过"老毛"，但知道之前的八路军就是"老毛"的队伍，是为老百姓作主的。于是村里开始盛大庆祝，墙上都是醒目的标语："拥护新中国""解放台湾""打倒蒋介石"。

人们还编了歌：蒋匪帮，一团糟，地痞流氓真不少……

之后又高唱：你是灯塔，照耀着前进的方向，伟大的中国共产党……

刘守垠的姐姐，还亲自上阵演起话剧《兄妹开荒》。那种热闹且

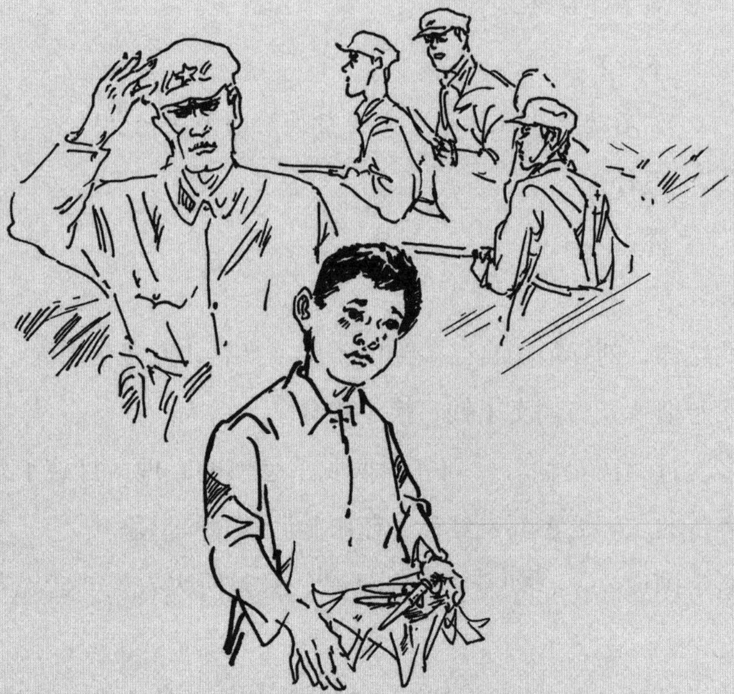

被鼓舞的场景，那种极其愉悦的心情，此后很少再有。

东方红，太阳升，中国出了个毛泽东……

这首歌，又在学生中响亮地唱起来，继而在全村唱起来，甚至是吼起来。

刘守垠知道，这种"红"被定了格，不会再变了。

**再回1949**

> 一个小小的村庄，一群小小的少年，用鸡，用石头，用高粱秆，用小钱儿，拼力圆着一个个英雄梦。

## 游戏里的英雄梦

受访人：赵俊文，山西武乡人，1939年出生，1949年10岁

"猴儿，回来！"母亲这样严厉的声音时常隔窗响起，"看冻死呀！"

"娘，不冷——"猴儿知道娘不会真生气，头也不回应承着，心思依然专注在雪中的一只麻雀上。

猴儿的大名叫赵俊文，他也不知道多大的时候有了名字。反正当时在村里，小伙伴们大都用的是猴儿、狗儿、三儿、四儿这样的小名。那时候也没有出生于哪一年这个说法，都是问：你属啥？然后一掐指：哦，10岁啦。

与别人一样，出生于1939年的赵俊文，年龄是在新中国成立以后推算出来的。

抗日战争、解放战争，终于结束了，总该做些正经事了。天暖

和时,被大人撵着出去放羊。冬天不出门时,又被赶着进了学校。说是学校,其实是占用着一户人家,"教室"里零零散散,孩子们在地上窜来窜去,吵吵嚷嚷。有些扭身跑去岭上玩耍的,老师也不制止。

刚刚解放后的冬天,乡村营造起了良好的学习氛围,除了孩子们以外,村里大人尤其是妇女们,闲来也要求"上冬学",这是政府安排的义务扫盲教育。可村里本来也没什么识字的人,有些上进的,表现好的,临时培训一阵,回来就当起老师,在台上转述学来的知识:"天,哪里有天?上面就是空气。"

人们就又笑又骂:"瞎说,怎能没有天?看天打雷劈呀!"

背后有人偷笑:"义务教育不识字。"

赵俊文这些孩子们的心思,更不在认字上。亲历过连续的战争,目睹了一支支队伍一群群兵,那种不是你死就是我亡的惨烈场面,在他们年幼的心中种下一粒粒闪耀的种子,那就是英雄。

谁都想做胜利者,尤其是男孩子们。没有枪,没有武器,怎么办?便抓来鸡。按照约定的这一天,家里的男孩一定主动要求早早起床完成放鸡任务。憋闷了一个晚上的鸡儿昂首出窝,最骄傲也最厉害的那只,突然就被男孩的手抓住,两只翅膀向上一扭,拎着溜出院门。

前一天说好的对手早已鬼鬼祟祟等在路口,后面还跟了好几个,见面后相视偷眼一笑,跑到一个空旷的僻静处。

被孩子们抓在手里的鸡,远远就看到另一只同类迎面而来。起初是不屑,然而两只手却执意将它们亲密地凑在一起。

都是公鸡,有啥可亲密的?于是,"你碰着我啦!"其中一只正饿得咕咕叫的鸡便在心中怒吼，一张口啄上对方肉乎乎的鸡冠。

"呀！疼死啦！"另一只鸡终于火了，"谁稀罕挨着你？到一边去啊！"

成功！两个男孩就这样轻易触怒了两只鸡。他们知道，不需要束缚，鸡不会再跑了。它们雄性的斗志已被激发，于是将鸡放在地上，一场恶斗就在这个清晨激烈地展开。

两个男孩当然不会闲着，各自拼力激发着自家鸡的斗志，贡献着鸡们其实听不懂的策略。跟来的小看客们在观察后也有了各自倾向的鸡。于是鸡们激烈地打，男孩们猛烈地吼。一方空间里，摇旗呐喊，加油鼓劲，地动山摇。

当然，每一次都是血淋淋收场。战胜的公鸡，被主人与追随者英雄般抱在怀里，再抓一把早已藏在破烂口袋里的玉米粒谷壳出来作为奖励。战败的，便无精打采独自疗伤，连主人也会扭身弃它而去。

无论胜者还是败者，不久后都会被家里真正的主人发现，于是一边吼骂着"小祖宗"，一边拎着扫把满院追打。

时时如此，然而斗鸡的游戏乐此不疲。

除了斗鸡以外，还有"打孩儿""辟棒儿"等。

"打孩儿"的家什，就是一堆石块。男孩们被分成两组，在地上画一条线，然后站在同一位置分别把手里的石块扔出去，谁的石块离那条线最近，谁就成为"头家"，可以第一个出手。脸上挂着胜利的笑，弯腰，瞄准，依旧用手中那块"宝石"，向伙伴们竖在地上的石块一一瞄准。手中的石块，彼时已不再是一个小小的石块，而是一枚精良的武器。地上的石块俨然成为一个个敌人，因此脸上的笑会一晃而过，很快换上"仇恨"。

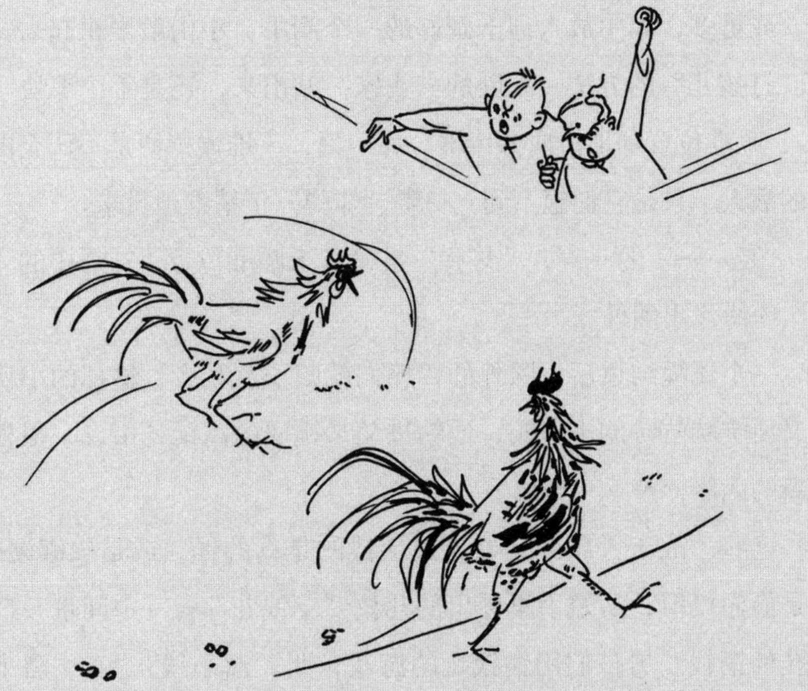

咄咄逼人的眼神下，啪！啪！啪！手起石落。不幸被打中的，主人便成为战败的俘虏，乖乖出来跪在地上，接受"处置"。游戏继续进行，直到后面同组的伙伴有了机会反攻并勇猛地砸中对手，才可以把跪着的"俘虏"救起。

"辟棒儿"也是同理，将光滑油亮的高粱秆搜集起来，每人10根，或更多，集中放入地上画好的一个圈中，小山般堆积起来。同样"打孩儿"的方法，先胜的"头家"站出来，还是手中那块"宝石"，瞅准位置啪地击向棒棒堆。那一刻，一堆棒棒便是一伙企图进攻的敌人，只是它们想不到，一颗"炸弹"正精准地投来。

"轰——"的一声，"炸弹"准确落入瞄准位置，被炸中的"尸体"纷纷飞出圈外。

一个流程结束后，圈外的棒棒们就归了胜利者。输掉的小伙伴就又要吭哧吭哧跑去地头，或钻进父亲挑回的高粱秆中，一根根再磨新的武器，等下一场战争。

这些"战士"用的武器，最值钱的是真的钱，或是软缠硬磨，或是偷偷摸摸，从娘手里弄出的几枚"小钱儿"——中间带一口小方孔的铜钱。男孩们用铜钱玩的游戏，叫"溜小钱儿"。"溜小钱儿"的"头家"是这样产生的：一块长长的光滑的石头，斜斜地躺在一处，然后参与者们一个一个依次将手中的"小钱儿"顺着石头"溜"下去，谁的最远，谁就成为"头家"。之后，其余人将各自的"小钱儿"布在锁定范围内不同位置。一切就绪后，"头家"就出手了，刚刚获胜的那枚"小钱儿"就成为一枚"子弹"，自己的手便变成一支枪。举起，瞄准，射击。精准砸中的，那枚"小钱儿"便归自己。如果技术不精湛，又恰好落入"敌人"的"射程"内，那么对不起了，这枚失败的"子弹"便成为对方的战利品了。

一场场"战争"之后，有人欢喜有人忧。欢喜者更勇猛，忧愁者更想"复仇"。一场又一场，连绵不断，在穷困而宁静的山村热烈地上演。

相关游戏，还有打麻雀。赵俊文年少时所住的院中有一棵楸树。一到晚上，麻雀便飞回树上，叽叽喳喳互相倾诉着一天的收获：吃了谁家几颗小米，偷了谁家几粒谷子。它们不知道的是树下一双眼睛早已盯了它们许久。

一个优美的弧线，一声沉闷的响动之后，一只麻雀"中弹"落地。

四周瞬间归于寂静。屋里的大人不知道，窗外黑暗中，一个小英雄正咧嘴欢笑。

**再回1949**

> 被兵伤害过，对枯井里的兵好奇过，被递来草帽的兵吓跑过……一支一支队伍，一个一个兵，交替叠加在王宗仁的十岁记忆里。

## 取草帽的那个雨夜

受访人：王宗仁，陕西扶风人，1939年出生，1949年10岁

饭后一声吆喝，一个10岁男孩便放下碗筷，熟练地牵牛、套车；或者爬上马车，坐在一堆西瓜里，牵一根麻绳指引着拉车的小毛驴走向一个个目的地。

这是陕西扶风县太白乡长命寺村10岁男孩王宗仁1949年的日常。小小年龄，却俨然已经是一个帮工好把式。

最拿手也是他最喜欢的，是学着大人"得儿——驾驾——"地赶着马车，跟着叔叔走村串户，售卖刚刚摘下来的西瓜。崎岖的山路上，叔叔安然坐在车后，有时路途不好就下来跟着走，任年幼的侄儿熟练地驾车前行。到达目的地后，村民闻讯赶来，东敲敲、西摸摸。叔叔一个一个过秤。此刻车上的侄儿便站立在车头，开心地看着满满一车西瓜一个个被村民抱走。

彼时的王宗仁不知道，平静村庄的背后，暗流涌动。那时候，解放大西北战役——扶眉战役正全面拉开。村前那条只能走木轮马车的土路上，几乎每天都有队伍经过。村里人总是分不清哪一支是国民党，哪一支是解放军，便统统把穿军装背枪的人叫队伍。那时候，队伍多是晚上出来，偶尔白天也经过。亮着天的时候，乡亲们会发现有一些兵还骑着马，便窃窃私语：那就是军官吧？

无论是哪支队伍，村民都有一种畏惧，孩子们更是。然而，进门出门，偏偏就要一次次遇到。

一次，双方队伍竟在家门口交上火，有村民便不幸成了陪葬品。于是一时间，大人逃，孩子跑。王宗仁和几个伙伴也结伴跑向村外，想把那呛人的弹药味甩在身后。跑着跑着，听到后面有脚步声。一扭头，是两名带枪的兵，于是几个孩子跑得更猛。

两名兵不追了。孩子们却不敢停歇继续跑，一路跑到一处乱葬坟。本以为逃到安全地带可以深深呼吸一口新鲜空气时，却突然发现一处墓穴中躲着两名伤兵。两人没穿军装，却带着枪，起身朝王宗仁他们走来。几个比王宗仁大点的孩子一看这阵势，转身唰地跑了，只剩下他站在那里。看着伤势并不重的两个兵提着刺刀走来，王宗仁吓得哭起来。然而一个痛哭的孩子并未让两人心生怜悯，其中一个反而将刺刀尖举过来，抵住王宗仁的下巴。

一阵麻麻的痛感。他下意识用手摸，看到血……

王宗仁说当时并没有觉得多疼，就是觉得有热乎乎的东西涌出来。血把王宗仁吓坏了，他想到村里在刺刀下死去的人，觉得自己的小命就要丢在这个坟地了。

好在，刺刀并没有在他身上继续。王宗仁连惊带吓跑开。

之后不久的一天，最好的伙伴王治治神秘地在院中喊他：宗礼（王宗仁的小名），快出来！

王宗仁出门，很快被王治治拉到一边：告诉你一件事儿，园子中的井里有一个人！

什么？那口枯井？有一个人？王宗仁知道，王治治说的园子，是村里废弃的一个院子，无人居住。那口枯井，就在那个园子里。王治治拉起王宗仁，跑到那个园子外。王治治又趴在王宗仁耳边悄悄说：六叔每天来两次，带着饭。

他们口里的"六叔"是村里的外姓人吴华。当年从外地乞讨而来，被村里人收留；日本人走后分了地主家一个院子住下来，就在荒弃的园子旁边。果然，此后王宗仁跟着王治治几次发现吴华带着饭进入园子。这事，很快被村里人知道了，也很快传出井里藏着一个国民党兵的消息。

害人不浅的国民党兵？这个消息让村人意外又震惊，于是一群青年人吵着要把此人砸死在井里。关键时刻，吴华站出来。他告诉村人，此人确实是国民党兵，河南人，但当初是被国民党强行抓进队伍里的。他本人并不想跟着国民党打仗，前几日负了伤，路过长命寺村时，就想法躲起来。后来遇到吴华，悄悄把这些情况告诉他，恳求得到他的帮助。

在吴华的坚持和保证下，这名国民党兵得到保护。王治治此后曾想拉王宗仁近前看看，他却死活不肯。不知道为什么，一听国民党伤兵，他就想到乱葬坟遇到的两个带刀伤兵。

因为在那次之后，王宗仁的下巴缺了一块肉。

王宗仁不记得此后枯井里的河南人是怎么离开的，记住的只有

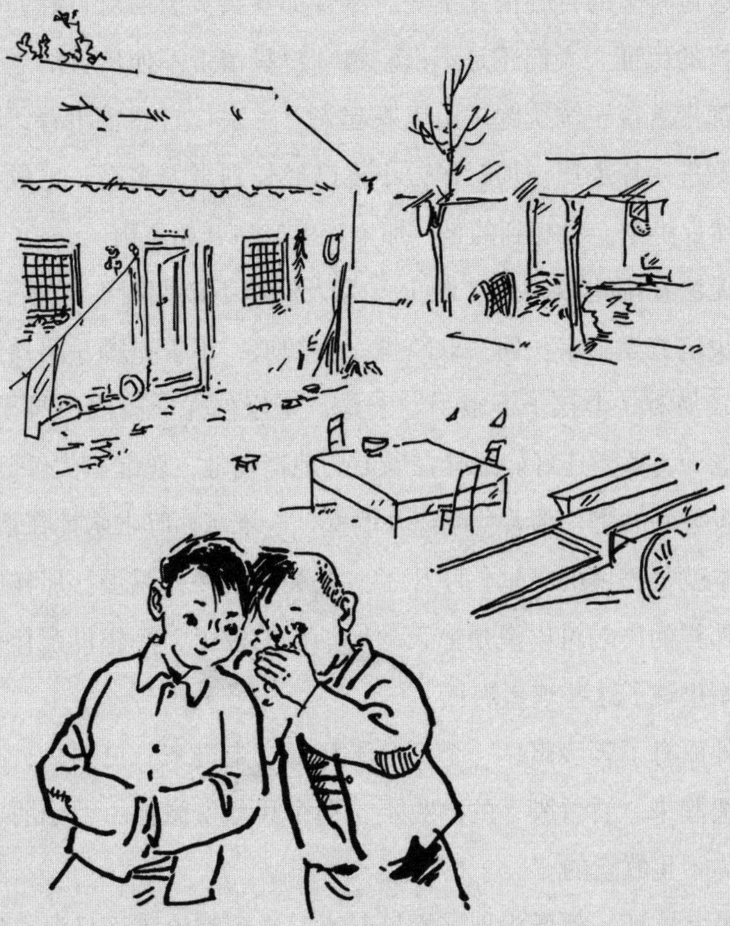

国民党伤兵,以及外乡人"六叔"的善良。

一支支队伍,就这样来来往往,打扰着长命寺村的宁静。此后,更有一支路过的队伍在村里住下来。

这让村里的百姓极其不安。尽管那些兵笑脸面对百姓,做着绝不骚扰的保证,人们还是不信。每一户只留下不便出行的老人,青壮年都带着孩子统统跑进山里躲起来。王宗仁自然也跟着父母跑出来,跑进一片麦田。那时候,小麦已经长到半人多高,也成了百姓的天然保护伞。没想到的是,那个晚上突然开始下雨。

无法在雨中度过一个晚上。大人们都不敢回村,考虑了半天,父亲决定打发王宗仁回去取草帽。他知道,不管是哪一路兵,总归不会轻易对一个孩子下狠手。于是,王宗仁深一脚浅一脚摸回家。感谢老天,草帽还好好地挂在墙上。他悄悄地,踮起脚尖够到草帽。然而没想到的是,随着草帽离开墙壁,一堆东西哗啦啦掉在地上。

本就很恐惧的王宗仁吓坏了。低头,是一摊鸡蛋。那样的静夜里,那样的声响可以说是惊天动地。他怕极了,心想母亲什么时候在草帽里藏了这些鸡蛋啊!

外面有了脚步声,一个大个子兵随之走进来。见到兵,王宗仁吓得哭起来。看看脚下的碎鸡蛋,那个兵却安慰他:"小朋友不要哭,你不是故意的。"

说完这话,他低头把草帽捡起来,递到泪流满面且浑身发抖的王宗仁手上。然而王宗仁依然不敢抬头细看一眼那张面孔,转身冲出门跑了。

跑着跑着,躲着躲着,队伍终于不再来了。1949 年 7 月 14 日,扶眉战役结束,武功、眉县、扶风、岐山等 9 座县城被解放,"西北王"胡宗南在西北12年的统治宣告结束。

　　学校复课了,王宗仁上了长命寺小学。几年后,他在作文课上写下那个雨夜回家取草帽这件事。他说,从来没有人告诉他这是哪支队伍,他却肯定地认为:他们就是解放军。

## 再回1949

> 学校，戏台，山坡；纺花，打绳，松鼠……"小先生"的村庄风生水起，"小先生"的心思却在讲台。

# 村庄里的"小先生"

受访人：武葳，山西武乡人，1938年出生，1949年11岁

　　教室里，一位学生模样的"老师"走来走去，时而低头给一个孩子解答一道题，时而将一个捣乱的孩子按回座位去。

　　没错，这位"老师"就是这所学校的"小先生"。每当老师有事不在，他便站出来，成了老师。

　　这是1949年山西武乡县一个村庄的小学校，继抗战以来终于恢复了停学10年的教学新貌。像大多数村庄的学校一样，这里是复式教学，一至四年级都在一间教室上课，一共二十多名学生。

　　学校有一名老师，是从外村调来的，同时要担任4个年级的语文与算术课老师。于是就有了时年11岁的"小先生"武葳。

　　学校期中或期末考试结束挂榜时，武葳总是年级第一名。书本上的知识对他而言有些简单，武葳总是提前就将下一年度的课自学

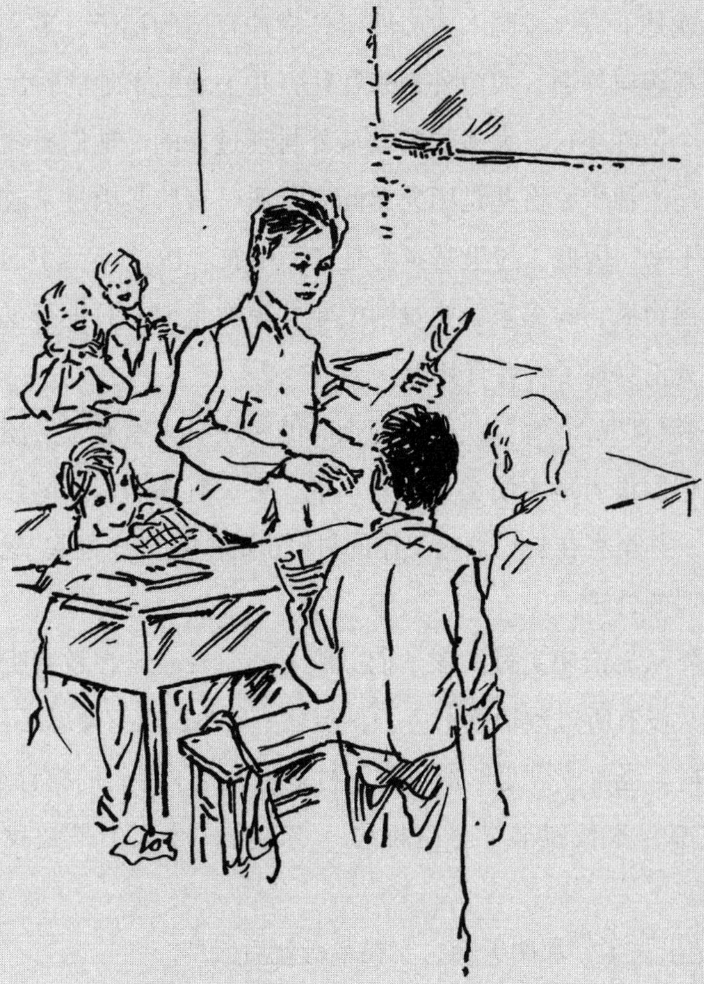

完了。那时候没什么作业更没有补习，因此更多时候，他当起"小先生"，帮助老师带学生。

校门口一截不知从哪里拆来的铁轨安静地待命。"叮——"一声过后就是下课。校园不大，圈不住横冲直撞的孩子，下了课的孩子们便都跑向外面。大门外来来往往，是上地与下地的村民。这个村庄是个杂姓小村，大多是陆续从外村迁过来的。他们有些是因原来的村庄土地少，有些是因兄弟间有矛盾，有些是因过来放羊而永久留了下来。因此，村里基本都是贫下中农。1947年《中国土地法大纲》出台后，村里重新丈量前一年分完的土地，只进行了微小的调整，真正实现了耕者有其田。

"一派喜气洋洋。"武葳形容当时的村庄。家家有了房屋，有了土地，但因没有地主便觉得没有不平，更没有惨痛，反倒让人们看到未来，甚至有在县长身边工作的村民也辞职返乡，过起"老婆孩子热炕头"的日子。

多年从流浪中走过的孩子们又收了心，安心坐在教室听课。村民们好久没有听过琅琅读书声了，于是一旦路过教室便忍不住站定，听上一阵。老师受到足够的尊重，村里还成立了专门的教育委员会。每当过节，家长就早早上门相约："老师，今天中午到我家吃饭啊！"

"定出去了？那明天啊，实在不行就后天！"

……

款待老师，为尊重，也为管好自己的孩子。"不听话就打"是那时候家长对老师的交代。

好学生，也成了村里的宝贝。村里大小事情，也要让好学生参与。

武葳的记忆里，过年全村团拜是最让人温暖的事，就在村中最大的打谷场上，全村男女老少齐聚。待村长激情讲话过后，身着崭新衣服的村民互相问好祝福平安。而之后，一旁的锣鼓唢呐便要欢快地响起，大家一起簇拥着走进几户军属家庭，送上慰问。

慰问的队伍里，有一位少年，就是武葳。他这名好学生自然会被选出来参加这样荣耀的活动。武葳记不清当年手里提着什么慰问品，总之他光荣地参加了那一光荣的行动。

武葳不仅学习好，嗓子也好，口才更好。因此那时候他还是村里文艺团体中重要的一员。几十户人家的村子，却有一个声名远扬的剧团，从演员，到乐队，应有尽有。

学校大门外，便是一座古旧的戏台。窑头村这座戏台分外特别，架在一座拱形门上，处在一道坡上。拱形门用石头垒成，其实是一个过道，也是村里重要的一条下水道，路面全用大小不一的石板铺设，中间低两边高。

这没有戏场的戏台，完全不影响唱戏，当然更不影响看戏。看戏的人，就站在水道上，站在校门上的台沿上，或者对面一条路上。村里排得最好的戏是《小二黑结婚》及《王贵与李香香》。

小二黑，小芹，三仙姑；崔二爷，二狗，李香香，王贵……一代一代，这些中断多少年的角色又鲜活在台上，迎接着新中国。角色都由村里的百姓担任。而"小芹"与"李香香"的扮演者，无疑是村里最美的姑娘，也是最吸引村民眼球的姑娘。而将这些活动恢复到最好水平，自然得有一位热心且权威的人。排好的戏不仅在村里唱，每到农闲时节尤其是正月天，整个剧团便要走村串户，一场接一场巡演。

除了这些戏以外，村里还排别的节目，学校里也有专门的演出队，比如由8个女孩组成的"小花戏"，也会跟着剧团外出巡演。

而"小先生"武葳，是担任大角色的。村里排文艺节目时，他总要第一个出场。他记得拿手好戏是说快板，自编自演。

村里出名的还有武术。男女各有不同表演套路，主要是打拳，还有花刀等。

那时候的村庄，有刀，有红缨枪，还有炮。夏天雷声响起时，孩子们便忍不住要从教室溜出来，因为接下来，一队民兵便要威武出场。他们架起自制的土炮，朝着一片阴云精准地打上去。

只为阻止冰雹。

多年以后的今天，武葳说不记得当初这招是不是有效，总之那阵势霸气地印在心底。

那是一个漫山遍野奔跑的日子。不小心就碰到狐狸与野鸡。大清早，总会听谁家女人一声惊叫：该死的，又偷走鸡！

骂的是黄鼠狼。

而野鸡，常常在他们奔跑的山坡上散步。松鼠更是在梨树上窜来窜去。

梨树、苹果树、枣树、杨树、核桃树，放学后或假期里，孩子们会在一棵棵树间穿梭。

那时候村里都种棉花，为了织布。棉花变成线，再用树皮染出颜色，更多的颜色是那种蓝不蓝绿不绿的，之后再织成布，做成衣。

与咔咔嚓嚓的纺车、织布机相呼应的，是一位安静打麻绳的本家叔叔。可以制成绳子的神奇植物叫苘麻，成熟后收了种子，一捆一捆便扔进村中小河，慢慢沤。苘麻的皮，经过一道道流程后便被女人们一根根搓成细绳，做鞋用。还有就是经绳匠的手，打成粗粗的麻绳或麻袋，卖出去。

村里除了绳匠以外，还有木匠与石匠。一间间房屋有了门窗，屋里有了家具。而用石头打制的石仓，也慢慢储存了粮食。

1949年，每天都有一股力量在内心升腾。"小先生"武葳和所有的孩子们一起，学得用心，唱得开心，玩得尽兴。

## 再回 1949

> 李淑娇的骄傲之处，在于那时候的太原县城像一只展翅欲飞的凤凰，头在北，尾在南。

# "凤凰城"上空的隆隆机声

受访人：李淑娇，山西太原人，1937 年出生，1949 年 12 岁

1949 年，12 岁的李淑娇是太原县一名高小学生。她所在的太原县，在今天的山西省太原市晋源区。据《地方志》记载，太原古县城从明洪武八年（公元 1375 年）开始修建，到清顺治五年（公元 1648 年）竣工，历时整整 273 年。

不过到明景泰年间，古城的街巷、行政机构等已经形成，当时的知县刘敏按照城建规划建筑了夯土城墙等附属设施。城为长方形，城墙周围七里（1 里 =500 米），高三丈（1 丈 ≈3.33 米），城壕深一丈，东南西北各筑城门一道，名字分别为观澜、进贤、望翠、奉宣，城内名为德化。4 个城门外还建起具有军事防御功能的瓮城，瓮城上的门额书分别是东汾聚秀、西兑金汤、桐荫晋阳、古原屏翰。

李淑娇骄傲地说，那时候的太原县城像一只凤凰，头在北，尾

在南。确实，北瓮城的城门向东，像"丹凤朝阳"，再加上瓮城内门洞口两侧各有一眼水井，活脱脱一双眼睛；南瓮城门正南，门正对着关外高耸入云的宝华阁，像是高高翘起的凤凰尾羽；而东瓮城门及西瓮城门都向南开，又恰似凤凰展开两只翅膀向北飞翔。古城中央十字街高高隆起，天然形成"凤凰腹"。因此，古太原县城被称为"凤凰城"。

这样一座凤凰城，李淑娇少年时却不觉一丝美丽，更无兴趣欣赏其展翅之势、之颜。

在李淑娇的少年记忆里，那时天空时时出现飞机却不是像今天那样平常路过，飞机内也不是南来北往的客人。那些飞机飞临，是来轰炸的。

一听到空中的声音，人们就迅速躲进防空洞里。钻在洞里是安全的，可一家人一进洞就为一位本家当兵的哥哥祈祷，希望他不会发生意外。李淑娇还为这座城祈祷，因为她觉得既然是凤凰，就会疼痛。

那时候，这座凤凰城内有一座大大的粮店，里面自然装着满满的粮食。一次李淑娇跟着父亲准备去地里，没想到刚出城门，"呀，看到飞机从头顶飞过来了"！她说没看到扔炸弹，却很快看到城内冒起滚滚浓烟。

愣神的空当，有跑过的人冲着她与父亲喘着气喊：还在这里干吗？快回家看看吧。

李淑娇说回去才知道，装满粮食的粮店被炸了。因她的家离粮店不远，所以后墙也被震塌了。

纵使凤凰，也无法展翅飞离。美丽的凤凰，在无声哭泣吧？

李淑娇觉得父亲会重新垒好倒掉的后墙，可谁来治疗凤凰的伤？

这样混乱的环境，孩子们必然无法安心上学。李淑娇当时是班上年龄最小的一个，她说还有一些年龄大的男孩，因为不想去阎锡山部队当兵，就躲在学校上学。

课堂能安心上课时，孩子们的心才会跟着静下来，大声跟着老师读：天亮了！

这3个字，外加一只雄赳赳的大公鸡图案，就是当时一年级语文第一课。

一节课，很简单。次日起床，孩子们会按照老师告诉的在心里默念：天亮了。之后到学校开始第二课：弟弟妹妹快起来。

第三课是：太阳升起来了。

每天早晨，孩子们就这样被母亲的一双手推醒，睡眼惺忪坐起，口里还念：弟弟妹妹快起来，太阳升起来了。

依次醒来的孩子们边手忙脚乱穿衣服、下地，边说笑、打闹。

然而一出门，总要习惯性抬头看看天：会不会，有飞机飞来？

不安宁的日子，李淑娇每天都会按时完成作业。晚上，点起小油灯，趴在炕头。母亲做针线，她做题。

思考时偶尔看一眼母亲，会遇到母亲正看她。两双眼睛对视一笑，是解放前李淑娇记忆里最暖的事。

天天认真完成作业的李淑娇，解放后以全年级第一名的成绩考入山西省立国民师范学校（现址山西国民师范纪念馆），成为那个年代女孩子中的佼佼者。

课间与课余，女孩子们的游戏是跳方格、跳绳、踢毽子，还有就是口袋里装一把特别的宝贝，课后争抢着"吊拐拐"。

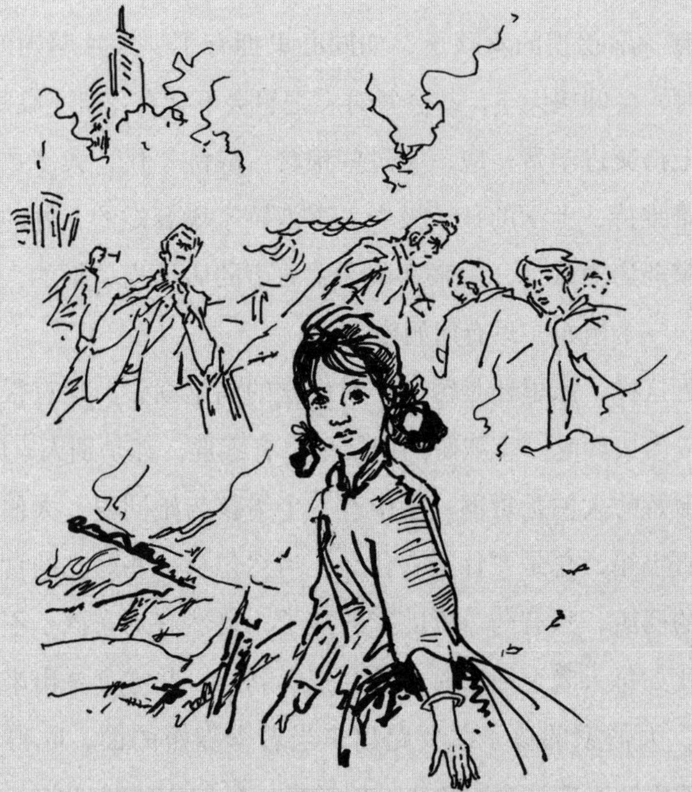

拐拐，是用羊或者是猪的后腿关节之间的一段骨头，大约三五厘米长，经过蒸煮、去油、上色制成玩具。拐拐有4个面，4只为一副。那么艰苦的环境中，一副"拐拐"绝对是女孩子们心中的宝贵财富。

拥有一副拐拐的女孩子，如同心里拥有了一大片明媚的天空。吊拐拐时，会仰望天空，却会暂时忘记想会不会有飞机飞临的事。

不记得交过学费，应该交过些粮食。战乱年代，大多数家庭连生存都难维持，上学的孩子极少。李淑娇家境算好的，她的父亲在太谷一家药店当伙计，后来又调到太原市的店里当掌柜的。她有两个哥哥，一个姐姐，只有姐姐没上学。

尽管这样，家里还是穷。小时候吃的高粱面多，还有很多时候把榆树皮磨成面吃。李淑娇的记忆里也有零食，却是别人家的。

李淑娇的大伯是货郎，家中有一个男孩与她同岁。大伯一副挑担犹如百宝箱，总是要什么有什么，当然包括一些好吃的食物，不像父亲的药店，只有药。货郎家的孩子，自然有别家孩子不一样的优势，比如每天晚上回来时，总会把卖剩的一些零食拿出来。少年爱炫耀，大伯家的孩子总要跑出来当着李淑娇的面，吃得津津有味，全然不顾眼前这个同龄小姑娘馋得一个劲儿地咽口水。

大多数时候的饭，就是一碗稀饭。有时候，里面会撒一把干炒面。李淑娇那时候面黄肌瘦，以至于她的老师总提醒她，回家让大人看看是不是有问题？

吃不饱肚子的岁月，穿衣更是其次。李淑娇记忆里的衣服没有颜色，没有款式。就连头发，也是最省事最简单的齐耳短发。大多数时候是母亲剪。女孩子们东家进西家出，看多了，便会跃跃欲试。

课间，掏出书包里悄悄装着的一把剪刀，煞有介事做起理发师。

看着容易做着难。李淑娇说有一天她正精心剪着一头秀发，突然手下就传来惨叫。原来，是将同学耳朵剪破了。

凤凰城解放前，她们玩耍的心、臭美的心之外，头等大事还是关注天空，盼凤凰不再遭受疼痛。上下学路上，她们会像大人一样关注城里显要位置贴的传单，看看哪个城市又解放了，想想身处的这座城什么时候可以有解放的传单贴满凤凰身。

1948年7月21日，这座被阎锡山军队占领的县城终于沸腾了。这个时间与李淑娇的记忆是一样的，她记得是夏天，"当时解放军是从地道里打进来的"。

她听大人说，那天阎锡山的部队还在开会，没想到解放军已经打进来了。

她记忆里还有一幕，就是看到街上枪毙人。

"汉奸？"

"不是，好像是当兵的犯了错。"

大多数解放军都成了百姓心中的英雄，包括被她们一家祈祷过的本家哥哥，也平安回来了。但也有难过的事，比如她一个邻居当兵的儿子就在之前的临汾解放战争中牺牲了。眼看着解放了，儿子却牺牲了。

让她最开心的，还是凤凰的伤口终于可以愈合了。孩子们欢呼雀跃，在学校组织下排练了好多节目，扭秧歌、打霸王鞭，欢天喜地表达着她们压不住的喜悦，表达着对凤凰终于可以展翅的庆祝。

她们还在学校的组织下，步行走过一条条狼藉的街区，走出凤凰城，去近20公里（1公里=1千米）之外的洞儿沟村慰问受伤的解放军。那时候的路，可谓翻山越岭。那时候的眼前，一片接一片废墟。可李淑娇心里知道，眼前的这些场景就如家里那堵被震塌的后墙一样，很快会重新"站"起来。

  她们一边走，一边大声笑。

  她觉得，凤凰可以听到这笑声。

> 1949年，曹梅章的眼里满是灰色。可是，有一抹红、一汪蓝，却存在她记忆里永远洗不掉。

## 红棉袄，蓝蝴蝶

受访人：**曹梅章**，河北涞水人，1937年出生，1949年12岁

1949年，河北涞水县一个小山村里，一名12岁的少女背上，是一名4岁的男孩。

前一年，涞水全县解放。这个离县城100多公里的山村走上恢复期的宁静。

少女叫曹梅章，背上是她的大弟弟。

曹梅章从记事起就跟着大人逃难，一直到8岁。因此能在村里背着弟弟随意跑，不怕有人追赶，于她而言也极开心。日子恢复到平静、平常、平凡中。劳动正常了，学校复课了。

适龄的孩子，都该进学校了。可是，当地重男轻女思想严重，觉得女孩子终究要嫁人过日子，读书无用。曹梅章的母亲也不例外，让她这个大女儿在家照顾弟弟妹妹，学着缝缝补补。但老师很负责，

几次上门动员。

有一天老师走后,母亲把挂满一脸渴求的曹梅章叫到身边说:"不让你读书,怕是以后要怨我的吧?"

曹梅章低头,不语。母亲却清晰地看到她眼中带着倔强的恳求,沉默一阵说:"让你上半天吧!"

难以置信的曹梅章瞬间化解了一脸阴郁,蹦起来:"半天就半天!"

满心希望与兴奋,装进母亲拼接起的一个书包里,背起跳出门。

上午,坐在教室里上课;下午,就按母亲说的回来,背着弟弟与不能上学或同样上半天课的孩子们满村跑,间或玩些老鹰叼小鸡或丢手绢的游戏。

那时候曹梅章的母亲才三十出头,奶奶也年壮,家里其实没什么事让她做。可母亲只让去学校半天,曹梅章不能反抗,也知足地不反抗。

曹梅章喜欢念书,说不上理由。记忆中的小学课程,有语文、算术,到三四年级开始打算盘,还写毛笔字。一张毛纸,上面小心打上格子,印着老师写的几个字临摹,由易到难。她清晰记得用过的一个砚台,破极了,研墨的姿势也没有多美,但心情会随着研出的墨汁跳跃。

算盘是父亲跑了好几家借来的,还缺一串珠子。"那时候是16两(1两=50克)的秤。比如一斤水果8毛5分钱,问一两多少?算盘珠子扒拉一阵,结果就出来了。"曹梅章至今说来还很骄傲。

村里一至四年级的学生,都在一个大教室里。她说教室占用的是地主家的房子,很大。老师住里间,外间上课。老师是外面请来的，姓刘，一般的个头，一般的长相。当年三十多岁，一个人在村里教书，学生们轮流给老师生火做饭。

笨手笨脚的稚嫩孩子们，做不了什么好饭，也没什么好饭可做，大多数时候是玉米糊糊。冬天，除了老师住的里间以外，教室中间再加一个不知道从哪弄来的大铁桶，将捡来的柴火一根根放进去。一双双眼睛盯着火焰在桶内升腾，看热气慢慢在室内弥漫，心暖了，身子便暖了。

上课用的桌椅板凳，也是动员老百姓捐的。长的长，短的短，高的高，矮的矮，高高低低，起起伏伏，音符般律动着孩子们的希望与意念。

校门口，一截旧铁轨长长地挂在空中。每天不同时刻，老师会拿起旁边一块石头，让上下课的钟声"叮叮当当"准时响起。刚上学的孩子，总会虔诚地站在那根铁条下，听它与石头碰撞出悠扬的"钟声"，一声声升上天空，再扩散到全村。村里的妇女们，也要跟着这钟声，早晨抓出被窝里的孩子；午间再捞出一碗碗面条，塞给恰好进门的一张张喊饿的小嘴。

上课钟声停止，教室会安静一阵，随后便齐刷刷婉转响起："工人做工，农民种地——"

像读，也像唱。

或者，"姐姐挑水，妹妹洗衣"。读到这句，班上的姐姐与妹妹，总会笑着对视一眼。姐姐有时指使妹妹挑水时，妹妹便高声念出这一句，有力抗议。

课堂秩序有时不好，同室教学也会互相影响。说起成绩，曹梅章笑说：不会好啊，因为没基础，而且常常误课。本来每天只去半天，再加上家里谁生病了，母亲生孩子了，都要随时唤她回来。尽管这样，曹梅章还是想天天坐在教室里。

"为什么不把心里话说给母亲？"

"不敢！"

离校最长的一次，是母亲生三弟，曹梅章伺候月子。今天问起，她说当时没有特别不高兴，觉得谁家都是这样，就老老实实在家给母亲做饭，给弟弟洗尿布。但洗着做着，曹梅章就坚持不住了。不是累，而是眼看满月已过，母亲还没有让她回学校的意思。

心里那个急呀。一天，两天……终于，曹梅章无法再忍，在一个早晨鼓起勇气背起书包，溜出门。

一上午，自然无比忐忑。当中午提心吊胆回家准备挨训时，母亲却什么也没说。多年以后忆起，她都感谢母亲的开明，因为村里与她同龄的几个本家女孩，一天书都没有读过。

背着弟弟妹妹的无聊日子里，也有高兴的事，比如等在村口看一队一队的解放军路过。解放军的模样，也没什么特别的，就是整齐，有一种说不出的威严与神秘。有步行的，有骑毛驴的，也有躺在担架上的。

"衣服都破破的，看上去很可怜。"

所以，一有战士路过的消息传来，村里人便早早烧好水，提着吃的，迎在路边。有时解放军要住一夜，百姓就把家里的房子腾出来，一家人挤在里间，外间大炕留给十几名战士。

曹梅章会悄悄掀起门帘，瞅他们的睡姿有啥不一样。结果总是失望，除了像走路一样整齐排列以外，也像下地的父亲一样，身一沾炕就鼾声四起。

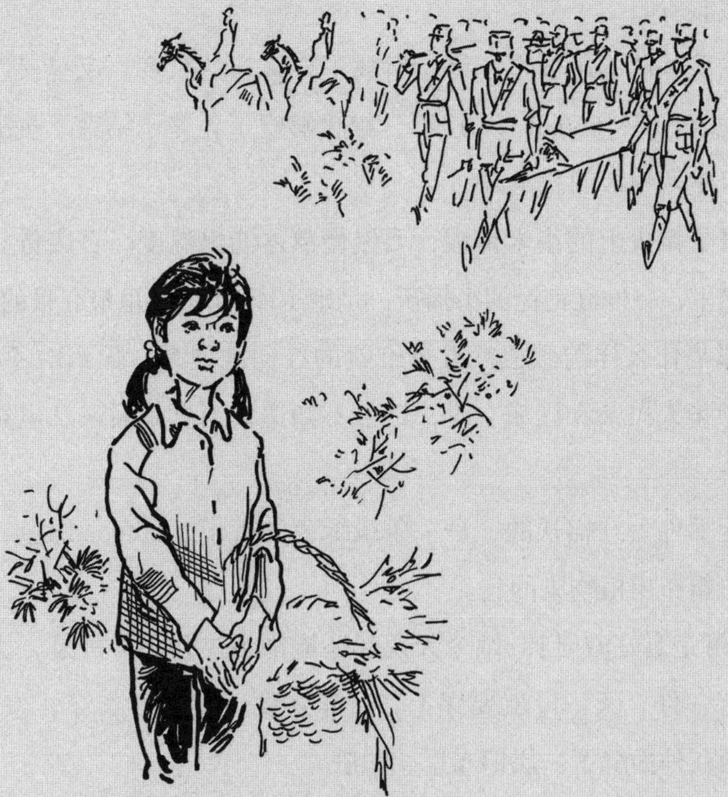

# 再回1949

"饭是战士们自己做,常常是天还不亮就吹号,精神满满集合走了。"

有时候,战士们不止住一夜,村民就想方设法给他们演节目。学生们自然不能示弱,精心排练出节目"霸王鞭",欢喜地表演给解放军叔叔看。

一队一队的解放军,终于解放了曹梅章的家乡。家里又多分了三亩地(1亩≈666.67平方米),粮食够吃了,终于结束了抗战以来一天只吃两顿饭的日子。

日子像火上的小米稀饭,要慢慢熬才能出温度。百废待兴的灰色记忆里,一件红艳艳的小棉袄,是她1949年记忆里最夺目的颜色。

那是什么样的颜色?五星红旗的红?她说是,但当时不知道,因为中华人民共和国成立时,她并不知道,消息是后来从电影里看到的。

配那件大红棉袄的,是一条嫩绿色的裤子。红色、绿色,都是家织白粗布用植物染的色。

"可是真好看呀!"她今天说起还掩饰不住开心。可是,大红棉袄只有一件,天一冷就要穿上,过年还要正式当新衣穿。怎么办?母亲便在外面缝了一层旧布罩,怕脏。

怕脏的一层罩子,又旧又暗,不仅罩住那抹夺目的红,还罩住曹梅章一颗欢喜的心。

终于盼到过年了,缝上去的旧布罩被母亲小心拆下,洗过。那一抹被封存了一冬天的红,绚丽地迫不及待地跳出来,出现在全村人面前,刻进曹梅章心里。

12岁少女曹梅章,红艳艳度过新中国成立后的第一个年。

再灰色的年代，总会有跃动的色泽跳进女孩子心里，比如她脑中还烙着一汪蓝：坐在阳光下，照着奶奶的样子把粗白布用麻绳挽出一个一个结，放进滚烫的深蓝色水里煮。

太阳在头顶慢慢移过，她跟着奶奶耐心等待。时间一到，奶奶把一大块带结的粗布挑出来，晾过，再小心解开。

咦？呀！一个一个蓝色蝴蝶，就扑在这一块白布上，展翅欲飞。

红棉袄，蓝蝴蝶，一直印在曹梅章心里，再也洗不掉。

## 再回 1949

> 频频出现的宝物,林立的商铺,两层楼的学校,关帝庙与火神庙的对望,信徒与戏台的对垒……叠加在1949年"金銮殿"上的金村里。

# 国旗飘在金村天空

受访人:郭文栋,河南洛阳人,1937年出生,1949年12岁

"我家是金村啊。金村,你不知道吗?"郭文栋自豪而带着讶异开了口。

一个了不起的村庄,慢慢呈现。金村在河南洛阳,位于洛阳平乐东,邙山陵墓群中东部,是汉魏故城宫城的核心地段。早在公元25年,东汉光武帝刘秀就在这里定都,其后三国魏、西晋、北魏均以此为都,可以说金村是真正住在"金銮殿"上的村庄。据说,金村的村名与金墉城有关。金墉城遗址在金村西北方向汉魏故城的西北角。公元220年,曹丕在东汉洛阳城基础上重新修建金墉城,此后历经曹魏、西晋、北魏、隋、唐等朝代。曹魏、西晋时此处一直是帝王与后妃们游乐的别宫。当初洛阳城未建成时,北魏孝文帝就住在城中。隋末,瓦岗军李密兵控河洛,将金墉城作为行营驻地。

从魏晋到唐初300多年间，金墉城一直是洛阳县治所在地。直到唐贞观六年，即公元632年洛阳移至东都毓德坊后，金墉城繁华落尽，从此归于寂静。

到了明代初期，山西洪洞移民大量涌入，在废弃700多年后的金墉城东南不远处挖出窑洞聚居。明弘治年间又建起龙王庙，很快形成了远近闻名的集镇，取村名为金村镇，新中国成立后改称金村。

1949年，12岁的郭文栋上小学四年级，当时他并不知道村里早年的辉煌，只知道村子是个大村，有好几条街道，各种店铺林立。村里人一边种地，一边经商，当然也有外来者，商品应有尽有。孩子们下学后捏着口袋里少得可怜的钱，东逛逛西逛逛才肯回家。村里当时建有一所完全小学，每天杂沓而来的有许多是周围村里的孩子们。两层楼的校舍矗立在村中，也严格挑选着进入的老师们。

金村的大学校，教学规范且有阵势。一进学校大门，一堵墙上是一幅巨大的孙中山画像。每天早晨第一件事，就是各年级学生整齐列队，站满一校园，跟着领读老师齐念《总理遗嘱》："余致力国民革命，凡四十年，其目的在求中国之自由平等。积四十年之经验，深知欲达到此目的，必须唤起民众，及联合世界上以平等待我之民族，共同奋斗……"

小小的郭文栋们，每一天都会在内心深深埋下一颗种子，那就是要学习、要努力、要奋斗，为了有一天的自由平等。

1949年1月16日，洛阳市与洛阳县合并，金村便归属河南孟津县平乐镇。

郭文栋说，从他们村有的地头延伸出去，就到了洛阳白马寺。抗战时，日本有部队就住在白马寺附近，经常进村来要粮食、抢东西。日本人走后，国民党部队进驻金村，因为住在村里，因此并不糟害本村村民，但常常到周边的村子抢了粮食与鸡、猪等，回来享用。

金村似乎从来都处于热闹中。他记得，第四野战军离开东北一路南下作战时，路经金村，并在村里停留了一段时间。他还记得当时解放洛阳时，金村就是解放军的后方，整天能听到激烈的枪炮声。

那时候郭文栋这些孩子们还会常常与得到消息的伙伴们跑到哪个地头，看人们从地下挖出奇奇怪怪的东西。

"可有好的呢，比如玉。"当时什么都不懂的郭文栋，现在回忆时却连连慨叹，"最不好的就是像桌子那么大的陶器，上面都有很漂亮的图案。"这些"不值钱"的东西，当时常常被村里的百姓顺手捡回来，放在院子里装杂物。

他当时不知道，在他出生的 10 年前，村里发现了东周王陵 8 座古墓。但发现者不是考古学家，而是盗墓者，国外的盗墓者，领头的是加拿大传教士怀履光与美国人华尔纳。据说，当年这些人荷枪实弹守卫，搭棚立灶看管，用 6 年时间掘开邙山陵墓群中的 8 座大墓，挖出数千件精美的青铜器、玉器等文物。当然，这些宝贝大部分被运往国外，流散在十多个国家。仅在日本人梅原末治根据资料编成的《洛阳金村古墓聚英》一书中，就记录了当时挖出的精品文物 238 件。

毕竟是 6 个朝代、41 个帝王在此建都，历时 541 年的地方，金村不仅地面遗迹多，地下文物似乎也取之不尽。动乱的岁月，自然流逝无数。

这样不凡俗的村庄里，即便在战争年代，也不会是沉寂无声的。他不记得村里有龙王庙，只记得村中东西两头两座庙分别是关帝庙和火神庙。火神庙全称敕建火德真君庙，主要供奉南方火德真君。郭文栋今天也说不清当时村里为什么有火神庙。总之，抗战结束临近解放时，两座庙在沉寂几年后又恢复了从前的风光与热闹。每年春节后，两家便展开对垒。各自的信徒们从各村汇集而来，鼓乐队、舞狮队，多种演出队穿行在熙熙攘攘的人流中。两座戏台早已搭建而起，两个戏班子也站在戏台上遥相较力，你一出，我一折，精彩竞相呈现在百姓眼中。

就在那个时候，他知道了戏台上有一个角儿，叫常香玉。

当然，孩子们的兴趣不在戏上。板凳早早占据在戏场中央，也是受大人委托为占个好位子。他们总是看上个开头，屁股就坐不住了。再被大人按下来，忍着熬到武生出来热闹地翻一串跟头后，响亮地拍手拍到巴掌疼。待戏中人稳坐椅中开始漫长唱腔后就再也坐不住，左右几个眼神递来递去，一伙孩子便起身，东一趟西一圈转悠起来。他们兜里的纸币比平时多出几张，瞬间便换成满满的零食，边吃边兴奋地穿行在村中，往返于两座戏台之间。

有一天，逛着的孩子们听到一个消息：新中国成立了。

于他们而言，这是一个陌生且不懂的新词。头顶依旧是昨日的天。然而此后一个早晨，他们像往日一样背着书包走进学校大门时，却被面前的景象惊了一下，起初以为走错了地方。原来，墙上存在了多年的孙中山像变了。

"这就是毛主席！"老师响亮地告诉他们。

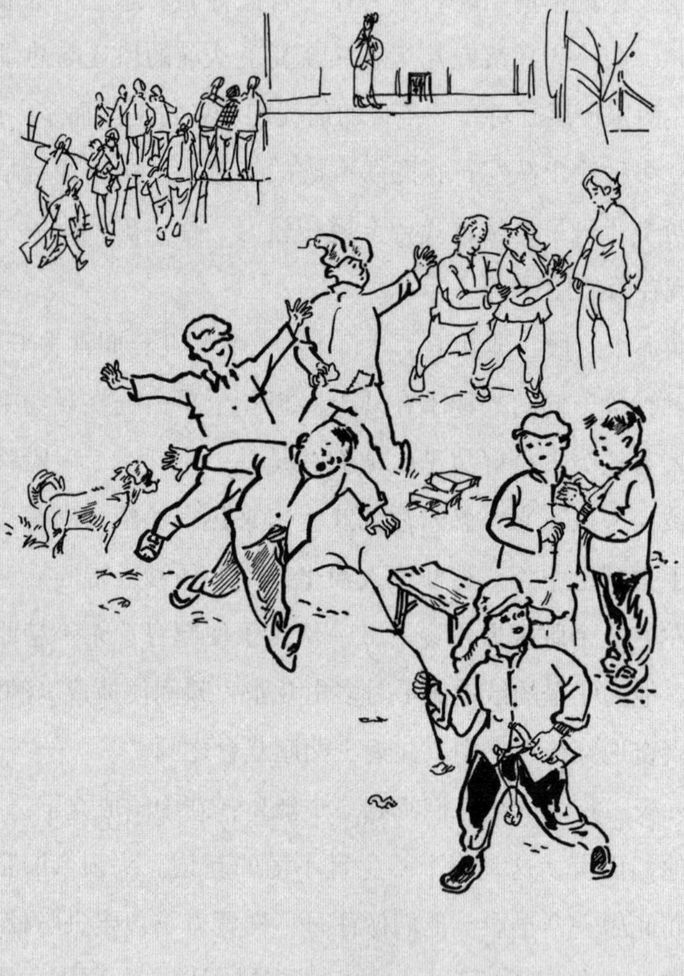

"东方红，太阳升，中国出了个毛泽东

他为人民谋幸福，呼儿嗨哟，他是人民大救星

……"

孩子们明白了，眼前这个人，就是歌曲里唱到的大救星，就是他们听说过多少次的毛主席。

"毛主席万岁！"有孩子忍不住学着大人喊出声。随之，好多孩子跟着喊出声。这个早晨，学校一切发生了大变化。一支乐队出现在校园，奏响一支激昂而澎湃的乐曲；眼前新出现了高高的旗杆，队伍里走出让他们觉得新鲜的升旗手。孩子们第一次看到，立正，正步走。之后，一只手高高扬起，一面鲜艳的五星红旗随之飘扬在校园上空，也飘扬在金村上空。

升国旗，就成了金村学生们每天一早必做的大事，就如之前每天诵读《总理遗嘱》一样。

"国旗是新的，天空也是新的。"郭文栋忘不了，每天升旗之后，总要长久盯一阵飘着国旗的天空。

> 进山，上山，处在大山中几乎与世隔绝的小村庄，有一个少年日日清晨走在挑水的山路上。没有正规老师，没有正规学校，多年以后他却走出大山，成为一名大学生。

## 父亲惊喜的一巴掌

受访人：乔振华，山西洪洞人，1937年出生，1949年12岁

一个几乎与世隔绝的村庄，隐藏在山西洪洞县一座大山里。进山，还得走20里路才能到村庄，全村只有七八户人家。

乔振华就出生在这个叫东疙瘩村的小村庄，在蒲县与临汾交界处。他说最初应该是外地人逃荒去的，包括从河南过来的。因为一个几户人家的村子竟然有4个姓，土地虽然人均可达五亩（1亩≈666.67平方米），土质却很差，而且严重缺水。

与东疙瘩村紧挨着的是后东疙瘩村，两个村庄加起来也才十几户人家。进山难，出山也难。没有特别的事，人们也就没有了出去的想法，日日过着面朝黄土背朝天的生活。

即便再小，也总归是一个村子，因此还是给村里配了学校。乔振华笑："说是学校，其实就是在这个空房子里待几天，没多久房子又被占，再挪地方。"有一段时间一间官窑空着，因是公家的，所

以成了做学校时间最长的一个地方。

这样的学校，当然没有名字。学校就是教室，教室也是学校。破到不能移动的桌凳，也是东挪西借来的。村子本来就小，家长让上学且想上学的适龄孩子就少之又少，于是一直与后东疙瘩村合并教学。然而即便是两个小村合起来，上课的学生也才十来个。

上课的地方，也是哪个村有空闲的房子就到哪个村。

偌大的山里，村里人住的房子却实在有限。这样一个深藏且极难进入的村庄，抗战年代日本人竟然也进来过，还放火烧了乔振华他们家的房子，连同房子里的木材、存放的棺材及粮食也一起被烧。他们是听到日本人离开后从藏身的煤窑里回来的，一进村口迎接他们的却是燃烧的浓烈烟味。

本就贫困的家就这样成了灰烬。村民们只能怀一腔仇怨重找住处，有的就几家合在一起将就住。

这样的村庄，一时请不来好老师。乔振华记得当老师的标准很低，只要念过几年书就可以。尽管这样，老师还是特别难找。好不容易请来一个，常常上一段时间就离开了。课停好久后，终于再来一个，却往往过不了多久又离开了。

乔振华这些孩子们的课，时断时续。这种状况，村里大多数大人与孩子倒很习惯。那样一个连基本吃住都解决不了的深山，学习只是非常次要的事。然而乔振华家不同，他的父亲因为小时候读过几年书，因此还是很看重上学识字的。只是当地重男轻女思想严重，乔振华的姐姐就从来没有进过学校，而他是这个家中的第一个男孩，从小就被父亲告知要念书，要识字。

可是环境不允许。那时候的乔振华每天一早第一件事，就是到很远的地方挑水。老师不在的时间里，他就和父亲下地干活。

"啥也会干。"乔振华说。村里的大部分孩子，都早早帮家里出力流汗了。大多数人家也认为，这才是正事。

"下午去学校吧，老师来了。"总是突然间，汗流浃背挑着粪或种子的父亲，冲着地头正在劳动的儿子惊喜地甩下这一句。无论多忙的季节，父亲都是让儿子赶紧回去，到学校读书。

多年以后，乔振华想来一次次感动。"老师来了！"也是他那时候最爱听到的一句话。他从内心感谢自己的父亲。那时候孩子多，家里地里都忙。即便父亲像别人家的家长一样不让他上学，他也得接受。可是，父亲却要把最顶事的大儿子放在学校。

不仅如此，父亲常常会跟儿子一起遗憾，那就是老师又离开的时候。乔振华说老师即便在上课，也没有正式的课本。刚刚解放的时候，他们这个偏僻的大山属于断层期，旧课本不用了，新课本还没有，所以经常是老师想讲什么就讲什么。课程也只有国语与算术两门。

国语课，就是认几个字，学几句话。算术课是打算盘。老师用一根石笔，在书本大小的石板上写下一个个汉字，或者一个个数字。有时候，老师会拿出手抄本，那上面除了以前的《三字经》《百家姓》外，会增加一些从外面听来的新内容。

父亲虽是大山深处的普通农民，但他深知这样的教学儿子学不到多少东西。于是，他尽一切所能，将自己曾经认过的字从脑子里翻出来，又把偶然从哪里得到的一些有字的纸片拿回家教儿子认。还让儿子好好背加减法口诀表，以便熟练打算盘。父亲从来没有给儿子的将来设定目标，因为这个很少走出大山的农民并不知道山外的世界多么辽阔。他只是老老实实告诉儿子，不识字就得一辈子下

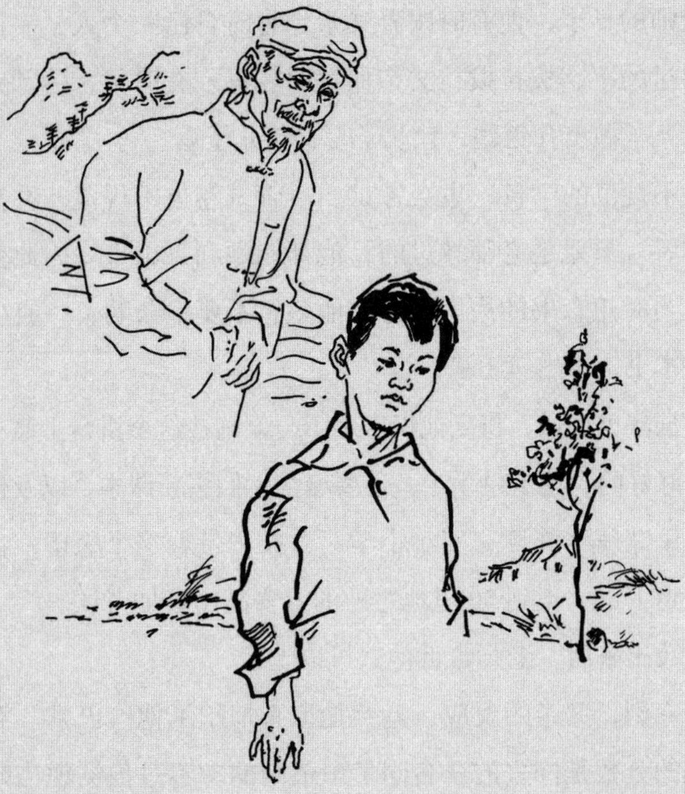

地劳动。这些东西得学会，以后都能用。

这样的学习环境，当然不会有作业。这样的条件，大部分孩子更不想学习。沉默的大山里，孩子们跟着大人日复一日在地头劳作，这常常让乔振华想到父亲的话，因此他从未放弃过想念书的愿望。没有老师的日子，他有时跟着父亲，有时自己一个人，一遍遍去写老师教过的字，拨拉拨拉父亲那把旧算盘。有时候，劳动归来的父亲会给儿子抛出几道题，让儿子写，让儿子算。

很不规范的学校，也会考试，尽管试卷也不规范。乔振华总会认真作答。只要是老师教过的，他都能顺利答出来。因此受老师表扬是他当时想念书的最大动力。他多想不要中断啊，一直坐在教室里，一本书一本书读下去。

乔振华也想过，将来他识字多了，就站在这个讲台上教书，把学生教得好好的，绝不甩手走。还要给学生们买新课本，以及作业本。

终于磕磕绊绊读完四年小学。乔振华带着这个愿望，在父亲的陪同下走下山，走到50里地之外的万安高小参加考试。

分数出来后，老师告诉他：可以上！

那一刻，父亲的反应，竟然是惊喜地拍了他一巴掌。乔振华记得，他的分数是同去的3名同学中最高的。不过他笑说当时分数线真不高，否则就他们村那种教学水平，一定考不上。

在万安高小，乔振华才第一次看到课本，第一次坐进规范的教室。多年后，他没有实现站上讲台的梦想，却成为那个大山中唯一一名医学大学生。当时在整个乡里，他也是唯一的一个。

送他走的那一天，父亲有泪落下来。

1949年，零散存在曲润海脑海里的是挂在村口一颗颗可怕的人头，以及新中国成立后的欢欣鼓舞。然而最忘不掉的，是在太原打工的哥哥翻山越岭，通过层层封锁，乞丐一般地回家了。

# 回家的哥哥像乞丐

受访人：曲润海，山西五台人，1936年出生，1949年13岁

村口，一个大人，一个孩子，时而木头一样呆立，远望；时而焦急地来回徘徊踱步。偶尔望到一人衣衫褴褛远远过来，便满怀希望迎上去。一次次失望，然而也总要拉了人家的手，细细追问：太原回来的吗？可知道龙龙的情况？

对方大多摇头。

村口的小孩叫曲润海，是阎锡山的同村老乡，村子就是山西五台河边村（现属定襄）。他没见过阎锡山，说自日本人来了之后，阎锡山便再也没有回去过。但临近解放的几年，阎锡山的部队隔三岔五回去，却换了风格换了嘴脸。

阎锡山部队杀人，深深铭记在曲润海幼小的心灵中。他记得那些人进村后，拆房修炮楼，破坏地道，抓人，杀人。除了抓共产党、

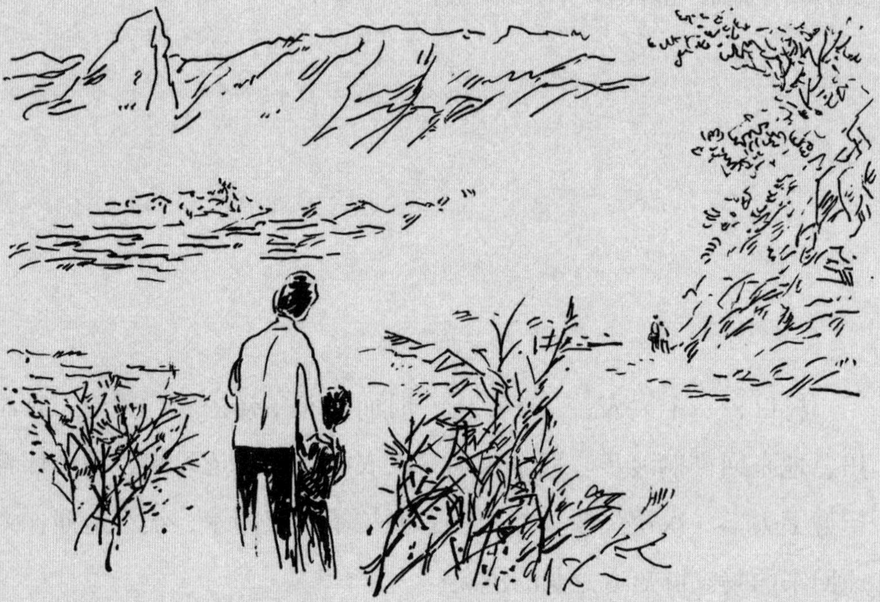

解放军之外，还抓各村的村干部及所有疑似进步人士。杀完人，就把血淋淋的人头挂在村口，让路过的孩子们胆战心惊，闭了眼快速跑过。他记得，一次母亲提着一篮菜从地头回来，远远地，一名晋绥军举着一个淌血的人头向她笑："给你们加点肉吃！"

阎锡山，彻底毁了之前在老乡心中的美好印象。之前，他为家乡建工厂、修铁路、搞建设，治理得非常好。而且每次回村，总是一到村口就下车，步行回家。可之后如此对待共产党、解放军以及无辜百姓，一下子失了人心。

当地百姓，从爱他、盼他，到恨他、怕他。

母亲在村口逢人便问的"龙龙"，是大曲润海 8 岁的哥哥曲润龙，1949 年在太原西北修造厂当学徒工。那时候的太原，危机重重。阎锡山带着部队死死守在被层层包围的城内。最遭殃的是无法逃出的百姓，无衣无食，艰难度日。最可怕的是，阎锡山部队还要把 15 至 50 岁的男子统统抓起来，轻则送前线当兵，重则以"伪装分子"处死。

工人们不断逃往解放区，工厂严重缺员。如此，便只能强迫逃不走的工人加班。本就饥饿无力的工人们苦不堪言。一次在被迫加班三天三夜后，曲润龙也动了心思：逃吧。可没有任何背景的他，能逃往哪里？解放区是他们首先想到的，但之前阎锡山对共产党的宣传是"杀人如割草""三十六杀，二十四刑"等，想想就不寒而栗。后来有一天，《白毛女》的剧情传到他们耳朵里。一些人的内心开始动摇，凑在一起动起逃回家的心思。

农历正月的一天，他动身了，同行的有老乡郭计成、杨太平、武明楼等四人，他们都在太原棉织厂及西北修造厂工作。一个朋友的母亲托人送他们出了第一道封锁线。代价是每人10块现洋。

前路依然障碍重重。几个人背着所有的家当，小心谨慎却极度忐忑不安地前行。

出城门，过阵地，跨雷区，越封锁线，简直如电影中的情节一样，步步惊心。曲润龙一行从太原上北关出发，经皇后园，时而钻、时而爬、时而躲，终于离开阎锡山的二战区，到达阳曲风格梁村。

他们不知道，风格梁此前是阎锡山固守太原的重要防御阵地之一。前一年的10月6日，西北野战军7纵独12旅、警备2旅强攻并占领了风格梁高地，但遭到阎军整编30军、68师的拼命反扑。彼时担任前沿指挥的独12旅59团参谋长王鼎新组织部队再次反击，经过7昼夜激战，再次夺回风格梁，打开阎锡山防御太原东山的缺口，完全控制了北面的飞机场，为随后攻打牛驼寨等要塞创造了有利条件。

行至这里，曲润龙一行成了浑身无一物的穷光蛋，身上的钱物统统被之前送他们出来的晋绥军层层盘剥了去。

庆幸的是，他们见到了解放军。

解放军比他们想象的还要和蔼，看过证件，给他们开了介绍信，还让通信员将他们护送至黄寨接送站，每个人用身上的有效证件换取了一张路条。

曲润海听哥哥说过，那时候居住在太原城的每个适龄青年，都需要7个以上的证件，比如国民身份证、工人通行证、缓役证、所在工厂证章等。

尽管可以光明正大走路了，可是他们从黄寨到大盂的二十来里路，竟用了4个多小时。5个人疲惫不堪，互相可清晰听到对方肚子无力地"咕咕"响着。但身无分文的他们面面相觑,怎么办?最后决定住进店里,吃一顿饱饭,睡个好觉。

4斤焖小米饭,一盘老咸菜。多年以后,这顿特殊的饭依然是他们觉得生活中最美的一餐山珍海味。当曲润龙提议次日临走脱下衣服抵债时,没想到同行中一位年龄稍长些的大哥告诉他们:不怕,我还有两块现洋。原来,出行前他为以防万一,偷偷将两块现洋缝在腋下。

衣服保住了,晚上睡得无比香甜。次日他们大方地递给掌柜的一块现洋。让他们想不到的是,5个人一餐饭加住宿,竟还找给他们三四毛陕甘宁边区银行发行的边币。

"龙龙回来了!"

河边村的晚饭时分,窗外一个声音把刚刚爬上炕的曲润海喊了下来,娘更是惊得放下举到嘴边的碗。

跌跌撞撞进门的,果然是日思夜想的哥哥,衣着像一名乞丐,但看到家人后,那张长途跋涉后极其疲倦的脸上,瞬间闪出踏实而欣喜的笑。身后跟着的本家哥哥说,润龙因为夜盲症,在快到家门口时还碰在粪堆上,跌了一跤。

曲润海一边开心一边后悔,怎么不在村口多等一会儿?确实,之前他刚刚带着满心的失望回到家,爬上炕,端起碗。

母亲与奶奶从头到脚检查后,发现哥哥除了身无一物,一切都完好无损。屋里立时弥漫出大欢喜的气氛。1949年正月天的这个夜,成了曲润海那些年里最温暖的一个夜;而之后哥哥在家的日子,也成了他一生中最快乐的一个春天。

曲润海知道,只要家人在一起,就是好日子。果然,那个春天即将结束的时候,哥哥逃出的太原城终于传出胜利的歌声。

城里安全了,工厂复工了,哥哥要离开家了。曲润海送哥哥坐上客运旧式卡车。挥手之时,他知道哥哥下一次再回来,不会那么艰难了。

新中国成立的消息也传来了。同一天,河边村也开起大型庆祝会。曲润海坐在人群中,听会上宣布革命烈士的名字。一长串,他只记住两个:河边村一位曲姓村长,当地的财主,被日本人所杀;国民党部队一个团长,也是河边村人,抗战时期牺牲在本村的山上。

曲润海为之一振。一股暖流,弥漫在他的内心。

> 五星红旗随风飘扬在天安门上空，有的同学哭了，好多同学都哭了。说不上原因，就是激动，就是感动，就是觉得与平时任何时候都不同。

## 天安门城楼下一双清澈的眼睛

受访人：刘兰琦，山东淄博人，1936 年出生，1949 年 13 岁

日军投降，解放军入北平（今北京），中华人民共和国成立。对于当初的北平人来说，4 年中亲历这 3 件大事，必将一生难忘。这幸运的人群中，就包括一位少年，名叫刘兰琦。

1945 年 10 月 10 日上午 10 时，华北战区受降仪式在北平故宫太和殿门前举行。那是 16 个战区受降仪式参加人数最多的一次。据统计，当时北平 200 万人里，有超过 20 万人前来观礼。场面可以说是人山人海，现场被围得水泄不通。

之前大人们是不让刘兰琦去的。可日本人投降这等高兴的大事，怎能不去？于是他悄悄约了几个小伙伴，跑去故宫。没想到走近才发现简直就是人墙啊，小小的他们根本看不到现场。于是不顾大人们的训斥，几个孩子鱼儿一样硬是从人群缝隙里挤到了最前面。

"就在汉白玉栏杆前",他记得清楚,激动得不行,跟着全体观礼群众高呼"中国万岁""胜利万岁"。

他目睹了日军代表签字。只是他不知道,那个向中国人深深鞠躬的日本人叫根本博,是华北方面军司令官。当他率众向北平战区军政长官孙连仲上将交出沾满中国人鲜血的军刀时,全场沸腾了。

回家的路上,他们的心情依然无法平静,又蹦又跳又唱,高兴得"像疯了一样"。

学校又顺利开课了,刘兰琦加入了童子军。童子军是由严家麟先生1912年于武昌文华书院创建的,其后流播渐远。刘兰琦说当时班里有一多半人加入了童子军,都是综合表现好的学生。有活动时,他们着统一服装,像海军服一样,白衫蓝短裤,头戴"美军帽"。

然而很快,这座城又不太平了,枪声又响起,抓人、杀人事件又开始发生。孩子们像大人一样,时时祈盼着,这座城可以安稳,太平。

他们隐约知道,背后两股势力激烈甚至残酷地较量着。

终于,有了结果。得民心者赢得胜利。

1949年1月22日,是一个特别的日子。据记载,这一天早晨有重雾,市容模糊,街上照例可听到傅作义队伍的跑步声,以及"努力奋斗"的呐喊声。但上午10时,傅作义就在《关于北平和平解决问题的协议书》上签了字,宣布停战。

这刻开始,城内国民党守军开始移往城外,听候改编。

从22日到30日,这支25万人的庞大队伍缓缓走过熟悉的北平街头,从腊月走进正月,以这样的方式度过1949年的春节。

北平,和平解放。

人民解放军，迎着响亮的爆竹，入城接管防务。

不仅如此，中国人民解放军还要举行盛大的入城式！那该是怎样的气势啊！北平百姓奔走相告，刘兰琦这些少年们更是争相扩散消息，甚至连路上遇到的一只小狗也不想放过。

1949年2月3日上午10时，随着4颗红色信号弹腾空而起，由指挥车先导，乐队车、装甲车队、炮车队、骑兵方队、步兵方队，陆续从永定门经前门，再经外国使馆区走过。

彼时，刘兰琦在西四牌楼的路边，与他的同学们挤在队伍最前面，举着旗子早早守候。随着解放军队伍经过西四牌楼，他们几乎是声嘶力竭地呼喊"欢迎——欢迎——"

入城的队伍浩大，欢迎的人群壮观，其间还有投诚的国民党官兵。这热烈而浩荡的盛事，一直持续到下午4点。

"解放军都特别严肃，"刘兰琦说，"并非像后来电影里演的脸上绽放着笑容，不时与周围群众打着招呼。"

人群里，也有百姓窃窃私语：城里换了队伍，以后会怎样？

确实，换了天地的北平最初并不太平，有些地方忽然就传出爆炸声。人们知道，是潜伏在城内的国民党残余人员作乱。然而这样的石子，激不起大的浪花。水面，很快平静了。

刘兰琦顺利升入六年级，就读的是西城区藤牌营小学，也由童子军变成一名少先队员。

少先队员刘兰琦，赶上一生当中最难忘的时刻。中华人民共和国要成立了！万众瞩目的开国大典，要在他生活的城市举办了！藤牌营小学高年级的同学被选中到现场见证历史了！

少年刘兰琦说不上新中国成立的意义在哪里，只知道这是一件天大的事，只知道他们这些少年有了光辉的未来。早在好多天前，老师就告诉了他们这一喜讯，让他们那一天带着足够的食物，一早赶去天安门广场。

父亲几天前就在街上给他买烧饼，可一家一家的烧饼都早早被要去天安门广场的人买走了。父亲有一天起了大早，终于在一家烧饼摊买到几个。

"天呐，这么宝贝的东西哪里舍得吃？带芝麻的。"刘兰琦看着母亲小心给他装入包中。前一天，又给他蒸了杂粮窝头，摊了玉米面饼，打包好咸菜，外加两块酱豆腐。这些食物已经比平时好了许多倍，远远胜过生日或儿童节。然而刘兰琦又抱着母亲恳求：能不能，杀一只鸡？

家里只有两三只鸡，不舍得。然而儿子要去参加那么盛大的庆典，是全家一件荣耀的大事。母亲狠狠心，抓出一只鸡。

香喷喷的鸡肉，又装进饭盒里。

"满满两书包好吃的。"刘兰琦难忘1949年10月1日那个凌晨，3点钟便被母亲唤起床。崭新的白衬衫，蓝裤子，整整齐齐穿好。两只装满食物的书包，交叉背在身上，外加一只水壶。

1949年10月1日，星期六，农历八月初十。北平微风，阴天多云转晴。

"好冷啊。"北京的国庆，一件白衬衫已经无法抵御秋风。母亲给他在衬衫外加了一件厚外套，告诉他到了典礼开始时，再脱下来。

就像远行一样，刘兰琦被父亲送到学校。许多同学早已迫不及待等在黑暗里，兴奋地"叽叽喳喳"讲个不停。

学校在北闹市口西面，学生们整齐列队，手举旗子，跟着老师出发。那一刻，这群少年心里装满神圣，因此在秋日清冷的早晨里步行一个多小时，丝毫不觉疲倦。天亮时，他们到达天安门广场。

那时候的天安门广场，就是个空旷的广场，没有任何建筑，城墙也是残破的。参加庆典的队伍，一队一队等候入场。时间好漫长，有孩子憋不住要小便，包括刘兰琦。可是，整个天安门广场只有一个角落有公厕，而且离他们好远。队伍一队接一队挨着，每队有好几个人专门维持秩序。从别的队伍中插过，会招来不满。可是尿急啊。实在不能等，孩子们最终在老师的努力协调下，缓慢挤过一队队人群，解决了问题。

终于，等到让他们进场的通知。内心感到好神圣啊。少年们跟着老师到了指定位置。刘兰琦清楚记得是在紧挨城墙的最后一排。

席地而坐。远远地，天安门城楼就在前方，少年们兴奋地仰望，谈论。

离庆典还早，也饿了，身上的书包被迫不及待地打开。香味立时弥散在队伍中。

"你带着什么？"

"我看看你的！"

你一言，我一语，孩子们陶醉在美食里。你递过来一块烧饼，我还过去一颗糖块，津津有味地分享着。

"两块酱豆腐，瞬间就分吃完了。"刘兰琦笑着回忆，当然还有他喷香的鸡肉。

队伍笑成一朵一朵花。

下午3点，场上终于奏起响亮的国歌。同学们停止打闹，全体起立，看到五星红旗随风飘扬在天安门上空。

有的同学哭了，有好多同学哭了。

"不知道为什么哭，就是激动，就是感动，就是觉得与平时任何时候都不同。"刘兰琦这样形容当时的心情。

毛主席铿锵有力的声音，通过大喇叭传到每一个人的耳朵里。

经久不息的掌声，雷鸣般的欢呼，响彻整个天空，扩散在整个北平。

在一双双清澈眼睛的注视下，北平从此变成北京。

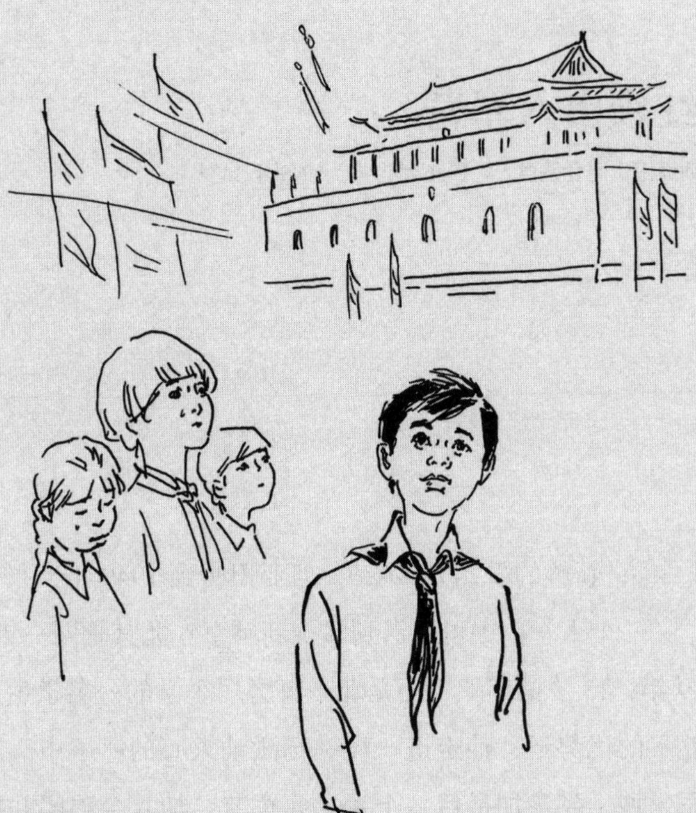

**再回 1949**

> 解放军入北平,最后一个4·4儿童节,加入少先队,北京广播电台现场直播,新中国成立,北京第一届运动会……1949年,13岁的何亚田见证了太多令他沸腾的第一次。

## 戴着红领巾入军营

受访人:何亚田,河北蠡县人,1936年出生,1949年13岁

"那一年,新鲜的事儿太多啦!"何亚田听到1949年,兴奋得无法抑制,"一个人一生中可以遇到多少新鲜事?尤其是同一年。"

1949年,13岁的何亚田还是北平打磨厂小学的一名学生。或许是身居北平的优势吧,他走进一场一场激动人心的盛事中。从2月份解放军入城,到参加最后一个4·4儿童节,加入合唱团并把优美的童声通过新成立的北京人民广播电台现场直播在城市上空,见证了新中国成立大典的重要时刻。第一批加入了少先队,参加了北京市第一届运动会……今天回望,老人家仍然激动万分,久久难掩兴奋的心情。

1949年2月3日,正在玩耍的他突然听到一个消息:解放军入城啦!住在崇文门附近的他拔腿就跑,跟着一群一群人流,跑到最

近的前门箭楼。入城的解放军有炮兵、骑兵，他赶上的是步兵队。威武的解放军战士扛着狙击枪、步枪，雄赳赳气昂昂从前门走过。近距离看到这些队伍，他激动不已，不停跟着高喊："中国人民解放军万岁！中国共产党万岁！"

很快，4月4日儿童节到了。当时具体怎么过的，他记不清了，印象中穿着白上衣，但清晰地记得第二年便将儿童节改为了6月1日。

那个夏天，他参加了学校合唱团，还到成立不久的北京市人民广播电台参加了演出。"当时可是现场直播啊！"直播这个词，他也是第一次听说。他们在音乐老师的带领下，按照事先叮嘱的"进去后千万不能说话"的要求，庄严而神圣地步入一处特别的圣地。具体时间不记得，只记得是夏天。唱的什么歌也不记得，但忘不掉一句歌词："嘹亮的歌声"。

那时候，他们最爱唱的歌就是《解放区的天是明朗的天》。没有收音机，听不到广播，因此1949年10月1日直到下午在街上看到浩大的游行队伍，才知道正举行新中国成立大典。他又一路跟着队伍，从前门到了天安门广场。远远地，人们说城楼上站着毛主席。看不清，就是模糊的一个影子，但不影响他跟着人群高呼"毛主席万岁""共产党万岁"！

10月22日到24日在北京先农坛体育场举办的新中国成立后第一次新型运动会，也让他记忆犹新。当时的何亚田只是坐场观摩的一员，但足够让他兴奋。整个运动会，他印象最深的项目是叠罗汉，表演者穿着白色服装，一层层叠加，"看上去真精神"。

随着1949年10月13日中国少年先锋队建队，何亚田顺利成为

# 再回1949

第一批少先队员。他一生中印象最深的就是当时的班主任牛老师，同时教他们语文、历史、地理与大仿（毛笔字）四门课程。憨厚，善良，智慧，种种词汇都不足以表达牛老师在何亚田心目中的地位。牛老师从来不打学生，这在那个年代的老师中太罕见了。小学毕业时，他非常难舍。经过多少天的精心策划，他上街买了一盒颜料、几张白纸、一支新毛笔。回来严格按比例绘制出一幅全国地图，将各省涂上不同的颜色，虔诚送给牛老师。

"这可是我教过的学生送的第一份礼品啊！"拿到礼物的牛老师无比感动。何亚田说那也是他第一次送老师礼物，也是最后一次。

何亚田所在的打磨厂小学前身是始建于同治七年（1868年）的"巴氏觉罗学堂"，解放后曾多次更名，包括"前门小学"，现在为"北京市东城区前门小学"。离当时的前门火车站不远。他记得当时的火车就擦着前门城墙南侧驶进，又驶离，是当时北平一道特别的风景。前门火车站正名为"正阳门东车站"，始建于1901年，是一座典型的欧式建筑。新中国成立后一度成为"国门"和"首都迎宾门"。直到1959年北京站落成投入使用，前门火车站才结束了它光荣的历史使命。

这些新鲜而刺激的事件，一次次激荡着何亚田的少年心。然而他的内心，始终燃烧着一团无法扑灭的火焰。他说抗战结束到解放前，北平街头时常发生美国大兵作乱事件。比如1946年9月3日，3个美国海军陆战队士兵在北平西调度站比赛枪法，将正在指挥火车进站的中国工人王恩弟选做练枪目标，当场打死。1947年11月3日，美军车队在大红门附近的公路桥上将女青年刘玉梅双腿压断，将另一女青年刘玉花撞成重伤致死。事故发生后美军拒绝救治，逃离现场。国民党当局对报案不予受理，要求受害者家属自行处理。

更严重的是沈崇事件。1946年12月24日，两名驻华美军在北平东单操场强奸了北京大学先修班女学生沈崇。28日，北平《新民报》等几家报纸冲破国民党当局的封锁，公开报道了这一事件。当天，北大民主墙上就贴满了誓雪耻辱的壁报。次日召开了系级代表和各社团代表大会。12月30日，北平学生5000余人游行抗议美军暴行。事态迅速扩展，天津、上海、南京、杭州、武汉、青岛、重庆、台北等几十个大中城市的50余万名学生纷纷罢课抗议。

何亚田说那几年，马路上常常看到美国大兵开着吉普车狂奔。面对吓得躲闪的百姓，他们哈哈大笑。当了14年亡国奴，好不容易打跑了日本人，却目睹国民党如此软弱，亲美、恐美，心中便无比仇恨蒋介石，痛恨国民党。因此1949年新中国成立，他们才那么高兴，才感觉到什么是真正的解放，什么是真正的自由。

在学校上学，就是想着有一天要报效祖国。内心涌动的那团火，越烧越旺，以致让他无法等下去。1950年，年仅14岁的他就要参军，但家里不同意，还将他转回太原进山中学。1951年，他看到《人民日报》刊登出《谁是最可爱的人》一文，越发难掩内心的激情，再一次坚决要求参军。父母看到儿子的决心和勇气，不再阻拦。

何亚田说，当时他们班有3名同学报了名，到最后出发时，只剩他一人。今天说起此事，他说自己的母亲太伟大。母亲当时送他不知道是什么心情，当面没有掉一滴眼泪。她给儿子的唯一礼物是一个针线板，上面密密麻麻缠满线，还有几根针，告诉远行的儿子：今后衣服破了，要自己缝！

何亚田加入中国人民解放军坦克第一师，是戴着红领巾入伍的，到了部队之后，组织上还给他们这些年龄小的战士集体过了一次红领巾队日。

第一批入朝志愿军名单定下来后，却没有他。何亚田急了，将指头咬破写下血书：我要入朝！之后，他如愿唱着"雄赳赳气昂昂"，真正"跨过鸭绿江"。

"一江之隔，两重天地啊！"何亚田今天依然感叹走进朝鲜所见，"遍地弹坑，大雪地，苍凉，无人。"

为避免美军轰炸，他们在朝鲜境内都在晚上行军。弯弯的山路上，行驶中的汽车灯蜿蜒成一道道温暖的风景。但突然，检测到有美军飞机飞临的防空哨会传来紧密的枪声。瞬间，车灯齐刷刷灭掉，山里恢复一片寂静。

何亚田所在的是坦克修理连，属于保障分队，因此并未圆他深入前线的梦。然而他此生最没有遗憾的，便是当年坚定地穿起军装，走上战场，以一名中国军人的身份，为脚下深爱的这片国土贡献了一分力量。

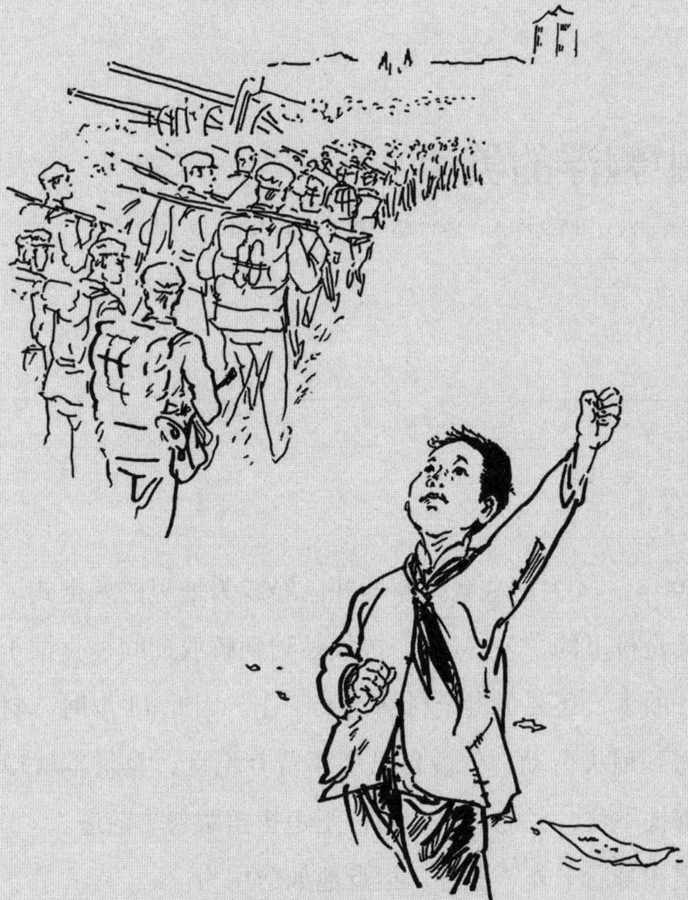

> 前后，左右，过河人是前所未有的壮观。男的拖着女的，女的抓着小的，搀着老人的，背着孩子的，孩子嘴里咬着吃的。大河里零零乱乱，人头攒动，惊叫声声。然而最多的，还是发自内心的欢笑。

## 大河中飘浮的笑声

受访人：赵炳旺，山西武乡人，1935年出生，1949年14岁

1949年，14岁的武乡人赵炳旺已经成为地里的好把式。父亲是党员，又是村里的"公安员"，抗战胜利到解放期间一直忙于清理特务、汉奸的事，还要负责全村的治安工作。因此11岁时，赵炳旺就被父亲派到地头劳动，他说自己多年营养不良，身材本就瘦小，开始连犁都扶不住，只能拼尽全力，歪歪扭扭跟着牛前进。

父亲在身后上粪、撒种，指点他如何用力。

3岁就开启了逃难生涯的赵炳旺，童年少年记忆里就是两个字"快跑"！如果是3个字，那就是"一直跑"！跑到哪里？他说不知道，跟着人群，跟着牛羊，跑，跑，跑！

他见过日本人3次，一次是与姐姐在邻村马家庄，突然日本人就来了。听到消息的村民跑进逃难洞，可还是被找到了，枪托把他

们全部逼出来，一番审问。赵炳旺是孩子，逃过一劫。还有一次也是逃在别村，碰到日本人。他说男的大多跑了，好多女的跑不动，无奈坐在院子里。有一个情景，他当时笑得不行，他不明白，那些女人们手忙脚乱中却要齐刷刷把锅底黑胡乱抹在脸上，一个一个脸上黑乎乎的，那么难看。日本人亮出刺刀，指着人们，脸上却笑着。有人急忙端出一碗一碗冷水，日本人咕咚咕咚仰脖喝下。

赵炳旺说真正的日本兵戴着瓜皮小帽，多数时候在村里作乱的是中国人，汉奸。因此之后他父亲的"治安员"工作才那么卖力，辛苦。

偶尔可以悄悄回趟家，却没门没窗，屋里除一盘炕、一个灶台之外，空空如也。就连村里的大树小树，都是断的。日本人在村里住过3天，树与门窗便都燃了火。家家门上挂的是一片用谷秆编织的"门帘"。吃的更没有，苦菜、野菜都挖绝了。满坡满岭光秃秃的，偶有一根草，倒成了稀罕物。有一阵实在饿得不行，村里人就尝试去吃一种植物，没想到食用之后大便不下来。

娘是小脚，走路都困难，不用说跑了。一次跟着娘逃到半路，实在跑不动了，就推着她走。一个六七岁的孩子，自然想跟着娘，死死抱着不肯松开。娘便疯了一样大吼："你不想活了？"一边猛烈地把他推得远远的。他这个六七岁的孩子，只好一边回头望娘，一边哭喊着跑进人群。

好难受呀，好苦呀！

尽管近80年过去了，但说到动情处，赵炳旺还是忍不住一阵哽咽。极力忍一阵，那深埋了多年的苦难最终像洪水般喷发，不顾有陌生人在眼前，竟失声将脸掩在双腿间大哭起来。

从这样的日子熬到1949年，赵炳旺怎能不百感交集，悲喜交加？他说之前回村，人们之间聊的话题只有一个，那就是昨天谁被抓了，今天谁又被打死了。

哪里能想到，可以活到今天？

说到这里，赵炳旺又失声笑起来。他眼里的泪、心里的苦还没消融，因此那笑，便带了哭腔，又涌动着难以控制的幸运与激动。

尽管依旧是那件冬天当棉袄、春秋掏出棉絮当夹袄的衣服，赵炳旺还是一路欢呼，跟着村里的年轻人去往县城段村。

中华人民共和国成立了。北京的沸腾，传递到山西了，传递到老区武乡了。伤痕累累的这片土地，咧嘴笑了。

赵炳旺所在的马庄村，离段村有十几公里，步行差不多两个半小时，中间还有一条大河。那是多么兴奋的一条路啊。开大会是上午，许多人兴奋得一夜没睡着，次日早早就爬起来出发了。

当年大河浩荡。"差点把我漂走！"赵炳旺记得清，他的身体几度不由自己控制，让水冲着走。幸亏，被身边一群比他大的后生们死死拉回。

前后，左右，过河人也是前所未有的壮观。男的拉着女的，女的拽着小的；手里搀着老的，背上爬着小的，孩子嘴里咬着吃的。大河里零零乱乱，人头攒动，不时有遇到危险的惊叫，但更多的是发自内心的欢笑。

确实，那时候还没有关河水库，从他们村去往段村，要战胜浊漳河的奔腾。然而拦腰深的大河，无桥，天冷，都不是阻隔，他们心甘情愿跋涉，他们在河中心生愉悦。

段村的那一天，铺天盖地的人，铺天盖地的传单。赵炳旺一眼看到武乡的抗日英雄，当时县公安局局长郑文奎。大大的场地有一个总台，然而人太多，当时又没有电，没有扩音器，因此又搭建了4个分台。总台上是县委书记李鹏飞，举着喇叭，大声说。李书记说一句，4个分台上的负责人就分别向台下传递一句。

场子里坐满了人，赵炳旺说不让站着，都坐在地上，密密麻麻的。

心里那个高兴啊。其实大多数人前来，并非关心开什么会，比如他就记不得开会的内容。只是想来看看，想来跟着高兴高兴。

赵炳旺不记得街上有节目表演，但记得传单上部分内容，比如有一句，"眼泪未干，血债未还"。

一字一句，一举一动，都在告诉人们，虽然解放了，虽然大难过去了，但不能放松，还要坚持斗争，要努力恢复家园。

远在北京的事，天安门城楼上的大事，李炳旺并未听说。他的眼里，那一天的武乡县，就是天下最热闹的；那一天武乡的庆祝场地，就是天下最大的场所。

太平了，父亲让他读书。赵炳旺背起书包，在村里读完小学，又到监漳读了高小。每月40斤小米、20斤白面，父亲按时给他背去。在学校，他第一次过上可以吃饱肚子的生活。早晨小米焖饭，中午有面条，晚上和子饭。

"吃得可好呢！"赵炳旺犹如回到从前。

解放后生活一天天好了，他相信生活会更好，但有些话还是不敢信，比如有人说以后的日子是"电灯电话，楼上楼下；耕地不用牛，点灯不用油"。

"哈哈哈——"他今天依然记得当时听了的感受，觉得真是胡说呢，怎么可能实现？

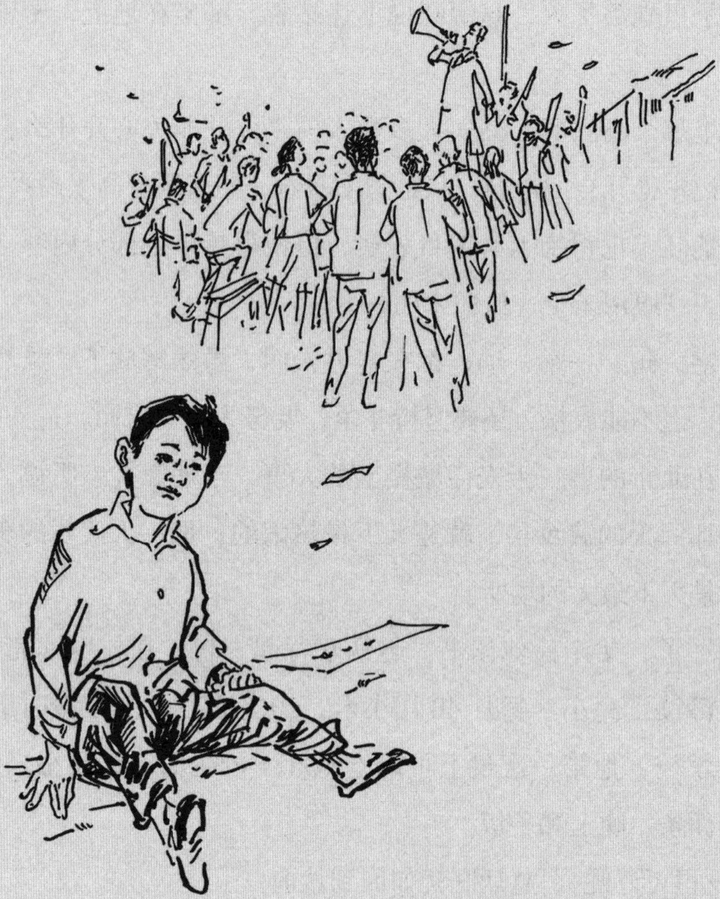

> 传说中，解放军都是像魔鬼一样青面獠牙的兵。然而有一天13岁少年储福昶从门缝里偷偷望出去，眼前的景象却让他大吃一惊。

# 扔炸弹的飞机变成风筝

受访人：储福昶，山东青岛人，1935年出生，1949年14岁

1948年，山东潍县街头，一个13岁的少年在一个简陋的小铺面用力拉着风箱。他的母亲将零碎的一些白菜叶子煮入开水锅里，加点咸盐，再加入一勺黑酱，热气腾腾的一锅汤就出现在古旧的小城街上。有过路的百姓闻着味道进来，坐在条凳上，花一毛钱，一碗白菜汤便被端到面前。吹吹热气喝两口后，从身上掏一个干巴巴的窝头出来，一顿寻常百姓的美味，就在这个狭小而简陋的空间拉开帷幕。

少年名叫储福昶，这个勉强称得上铺面的地方是母亲带着4个孩子维生的家当。储福昶会跟着母亲做山东煎饼，将和好的3块面叠加在一起，中间一块两面象征性蘸点油，擀开烤熟。

这样的日子，储福昶全家维持了两年。之前一家人在青岛生活，

但因抗战动乱，担心三面环海的那座城市有一天受困断了生活来源，于是在储福昶6岁那年举家迁到潍县。没想到1946年，父亲因心脏病去世，只剩下母亲与4个孩子相依为命。

储福昶只上过不到3年小学，却是日本人教的，以学日语为主。家庭生活的贫困，加上对所学知识毫无兴趣，他便退了学。除了帮母亲干活以外，就是流浪。1948年4月，由华东野战兵团改称的山东兵团攻至潍县城下。城内的国民党疯狂反击，把守着这座小城。储福昶说当时潍县是东西两个城，西城城外本来有一圈二层商铺，但国民党兵担心解放军顺着商铺爬上城墙，便发动百姓拆掉了这些铺面。

因此那段时间，挨家征集民夫。储福昶没了父亲，他这个家里的老大也未成年，本不在征夫之列。可他却被一天给的20斤小米诱惑到了，于是主动报了名。介绍他去的是一位老头。让储福昶没想到的是，他每天最多可以拿到5斤小米，余下的都扣在老头自己手里。

然而5斤小米对饥饿的全家来说依然很有吸引力。储福昶便跟着干了大概一个多月。每天早晨，他们被集中到保公所。那时候进出城门有严格要求，除了进出者本人的良民证以外，还需要全家的证明。每天，储福昶与所有的民夫们一起，揣着良民证，再拿着保公所开的证明，浩浩荡荡排队出城。他说大城门已经被国民党兵用沙袋封死，只留一个小门进出。

有时，他带点干粮，有时就什么也不带，等晚上到家再吃。辛苦劳作一天，天黑了终于可以熬到回家。但常常，他们在半路又被堵下，是临时又发现哪里急需拆掉。每当这个时候，民夫们就顾不上纪律、顾不上按回家的路线与街道列队走，四散跑开。储福昶说

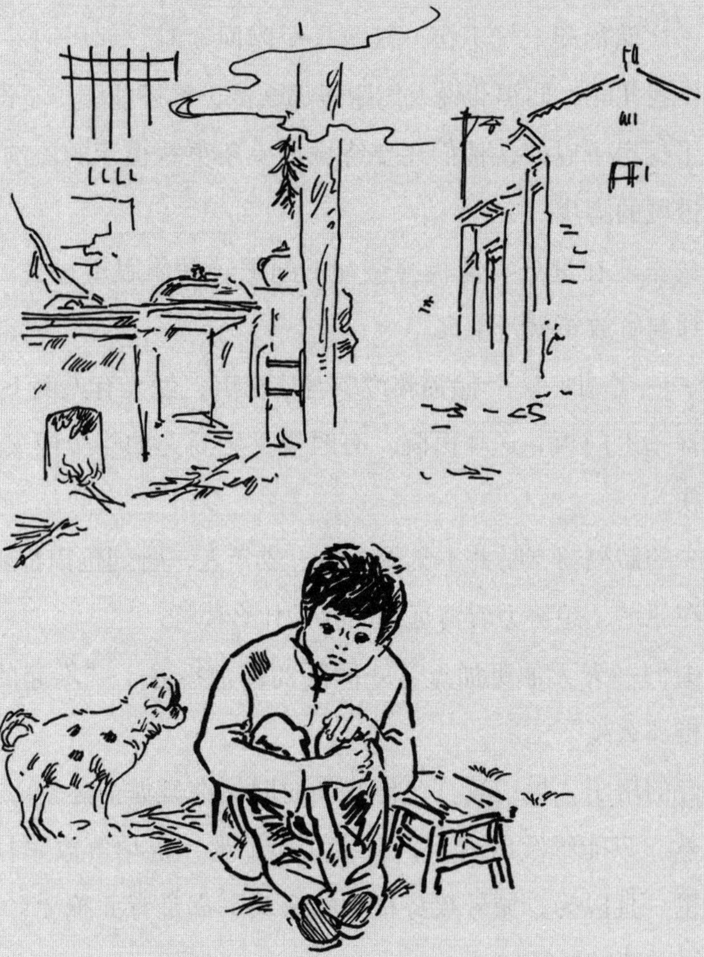

他当时瘦小，常常从人缝里鱼儿一样钻出去溜掉。有的人便很不幸，逃跑过程中被几个二十来岁的年轻小伙子狠狠抓了回去，饿着肚子在昏暗中继续劳作。

有一次储福昶上气不接下气第一个跑回家时，邻居们一个个急着问他：我儿呢？储福昶说人们跑得那么乱，谁还能顾得了谁。

除了拆房子以外，他们还要绕城挖一条很宽很深的壕沟，阻止解放军进城的脚步。

解放军就在远处。储福昶劳动的间隙经常偷眼望过去。常常，国民党兵与解放军就开了火。

"叭——格儿——"储福昶说顺着这枪声，就会有人倒下。于是伤者就被抬上门板，送往医院。有时候，干活儿的哪个民夫也会不幸被误伤。

年少的储福昶当时并不觉得害怕，成年人一听到枪声都躲起来，他却站在原地，想努力看清远处的兵是什么模样。

民夫们一天天加班加点，一间间商铺被拆除，"堆起的砖瓦，有两层楼那么高"。

好好的房子，拆成这样，储福昶时时站在废墟前迷茫。想不出个所以然，只能继续跟着干，为了几斤小米，也怕解放军打进来。他的心里一直以为，城外攻势很猛的解放军都是青面獠牙，甚至是红胡子绿眼睛的怪模样。

拆房，壕沟，都未能阻止解放军的脚步。最后的战争，终于拉开了。在城外做买卖的百姓，都被赶回城里。街上，抱着孩子、拿着被子等物品的百姓慌乱地跑。当时国民党的飞机随时往下扔炸弹，大多数人便集中到较为结实的庙里，恐惧地等待战争的结束和日子的安宁。

辛苦拆掉的铺面并未阻止了解放军入城的脚步。4月24日0时21分，山东兵团开始强攻城墙。他们用6包各20公斤（1公斤=1千克）的炸药，在西城墙炸开一个突破口。1时30分，27师79团架起云梯，率先登城。凌晨3时左右，先后又有5个连队成功登城。国民党之前吹嘘"金城难破"的潍县城，就这样被突破。

枪声终于由猛烈变得细小。储福昶也得以回家，夜里可在床上安稳睡觉。一天清晨，枪声终于全部静止了，只有弹药的味道隐隐弥散在空气中。

整个县城是从未有过的宁静。大人们依然钻在家里不敢开门，不知道外面变成什么样的天空，也嘱咐孩子们不要开门。储福昶好奇，便挤在门缝里偷偷朝外看。一看不要紧，他发现门外竟然有不少当兵的人。这些人与之前驻扎在县城里的国民党兵穿着不同，黄色军装，个个支着枪靠在墙上或坐在地上疲惫地睡去。

"这就是传说中魔鬼一样的解放军？"储福昶心中万般疑惑，"这不是普通的人吗？看上去受了大罪。"

他尝试着把门打开。听到开门声，近处几位当兵的立即睁开眼围过来：大爷，给点水喝吧。储福昶吓了一跳，后来知道，这些兵叫男人都是大爷，叫女人都是大娘。大爷大娘们很快看到这些兵干裂的嘴唇、疲惫的身躯、恳切的眼神，什么也不再问，赶紧点火烧水。

储福昶不眨眼地偷盯着这些兵看。之前在国民党的宣传里，说的可不是这样子。这些兵，根本不是传说中凶神恶煞的模样，他们温和、亲切、谦虚、有礼貌，很快赢得老百姓的信任与喜欢。

1948年4月27日，潍县解放。曾经抓人当民夫的兵不见了，

# 再回 1949

新入城的兵接管了这座小城。恢复了体力的解放军雄赳赳气昂昂出现在街头，笑着与老百姓打招呼。他们做的第一件事，就是将城外一批百姓迁到城内。因为每到雨季，那里都要发大水，百姓的房子就会被冲坏。腾出来的那片土地后来成了一处空旷的沙滩，一到春天，风筝五颜六色飘扬在上空。

储福昶常常抬了头望。扔炸弹的飞机变成风筝，枪声变成大人孩子的欢笑声。他偶尔还是有些恍惚，曾经在这里拆铺面、挖壕沟日子，真的成了过去？

之后，潍县与其所辖的坊子矿区合并，成立了潍坊特别市，1949年6月改称潍坊市。

百废待兴，一切需要重新建设。储福昶便没再上学，进了青岛一家铁厂做学徒。几年后，他像那个年代很多年轻人一样，投入国家面貌与经济复苏中，从山东黑龙江到齐齐哈尔，又从齐齐哈尔到山西，用自己实实在在的技能，为国家建设献上自己的力量。

1949年，14岁的许笑梅有了自己的大秘密。尽管就站在阳光下，她却只能将秘密死死藏在心里。

# 阳光下的秘密

受访人：许笑梅，北京人，出生于1935年，1949年14岁

　　高高的天安门城楼就在眼前。少女许笑梅一遍遍抬头，仰望，长久地盯着那些人看，并仔细寻找一个人。尽管很努力，也看不清上面人的面容。可是，人群是沸腾的。她的身后，是看不到边际的庞大队伍。一支支队伍非常整齐，声音却是杂乱的，此起彼伏的。但谁都能听清，喊的是"中华人民共和国万岁""毛主席万岁"！

　　许笑梅盯着上面看一阵，跟着喊一阵。渴了，就喝几口水壶里带的水。早晨与中午，吃的都是带队老师给她们发的饼干，也是就着水。她们水壶里的水，有的是白开水，有的放了白糖。许笑梅和她所在的佑贞女中学生们一道，齐刷刷站在庞大队伍的最前面。每当转身看到后面远处密密麻麻的人，内心就升起满满的骄傲和激动。

　　这一天，是中华人民共和国成立的日子。彼时，她站在天安门

广场城楼下。

这一天，北平佑贞女中五年级以上的小学生和初中生都参与了这激动人心的盛会。她们是一大早就到达天安门广场的。几公里的路对这些步行的少年来说，不是短距离，但累这个字眼并没有留在她今天的记忆里，存下来的只有兴奋。

多次仰望，依然看不清城楼上的人，心里却掩饰不住高兴。8个月前在新街口看到解放军入城时，欢喜的心情中还带着忐忑，因为她不知道接下来的日子会不会真的平安、稳定。而这天开始，她知道是真正解放了，人民当家作了主人。

她内心一阵欣喜。以后，自己的身份是不是就可以公开了呢？想到这些，许笑梅就不由自主高喊：中国共产党万岁！

许多人不知道，当年14岁的许笑梅，公开身份是少先队员，然而她前一年已经加入了中国共产党。

许笑梅当时在北平佑贞女中读书。学校位于西城区地安门西大街南侧的教场胡同，是1917年法国天主教仁爱遣使在此修建的。校舍包括教学楼及礼堂，是欧洲折衷主义建筑风格，立面三段划分，红瓦坡屋顶，红砖清水墙嵌以石料装饰。许笑梅说她们在女生部，与男生是分开上课的。当时，男生在佑贞女中东侧的盛新男中。盛新男中是1923年修建的。两所教会学校在1952年合并，被政府接管。现在已成为全国重点文物保护单位，由北京四中初中部使用。

许笑梅的父亲做生意，当时住在附近新街口一个四合院里，经济条件在当时算不错。许笑梅的母亲也总提醒女儿要关注大形势。

许笑梅不懂形势，但听母亲的只接受学校教育，遵守学校纪律。在学校，她有几个好朋友，常常在一起玩耍、聊天。常常，这几位

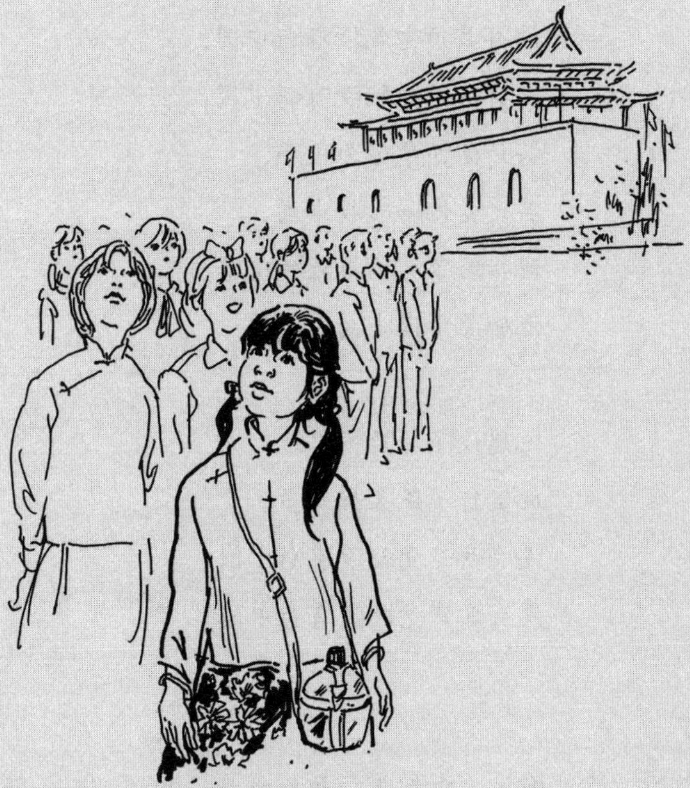

好朋友会带她到一个僻静处,说一些她之前没有听过的人、没有听到的事,还唱一些以前完全没有听过的歌,比如《东方红》,比如《没有共产党就没有新中国》:

> 没有共产党就没有新中国,
> 没有共产党就没有新中国,
> 共产党,辛劳为民族,
> 共产党他一心救中国,
> 他指给了人民解放的道路,
> 他领导中国走向光明,
> ……
> 他建设了敌后根据地,
> 他实行了民主好处多。
> 没有共产党就没有新中国,
> 没有共产党就没有新中国。
> ……

这首歌,许笑梅每一次都听得热血沸腾、激情澎湃,便一次次动情地跟着唱。边唱边想到几年前在后海眼睁睁看到日本人把一个过路的女孩按倒在马路上残忍强奸,从此心里落下恐惧再不敢轻易出门;边唱边想到日本人走后,北平依然隔三岔五要死人,听到枪炮声。共产党啊,他辛劳为民族;共产党啊,他一心救中国。改善人民生活,实现民主自由。共产党这3个字,在许笑梅年幼的心里,深深扎了根。

有时回家，她就跟母亲说这些、讲那些，母亲与她一样，也听得一次次激动。不仅如此，母亲还会问她更多的细节、更多的事，并鼓励她多接近这个组织。许笑梅不太懂什么组织，但与几位同学更加亲密了，并通过她们结识了更多的人，这些或是老师或是学生的人们，在一起有一个共同的话题，就是共产党，就是毛泽东。她们还会谈自己的感觉、自己的看法，也谈自己的不足。尽管幼稚，但个个动情，真诚，激昂。每一次，也总有一位成熟的人，给她们更准确地引导，对她们模糊的认识加以解读。那样的氛围中，许笑梅总能看到前程，看到光明。

有一天，这些人再一次聚在一起。许笑梅记得，当时的氛围与往日任何一次都不同，有些凝重，有些严肃，有些认真。她似懂非懂，觉得有大事要发生。果然，一位她们平时就佩服的人站起来讲话，大意是今天在场的人都是先进的，都是积极的，都是可靠的，今后对这个国家都是有用的。

之后，许笑梅跟着大家郑重举起右手，一句一句清晰说出：

我志愿加入中国共产党，作如下宣誓：
一、终身为共产主义事业奋斗；二、党的利益高于一切；三、遵守党的纪律；四、不怕困难，永远为党工作；五、要做群众的模范；六、保守党的秘密；七、对党有信心；八、百折不挠永不叛党。

仪式结束后，许笑梅才知道自己加入中国共产党了，也才知道，学校里早有不少地下党员。之前与她要好的几个同学，是有意接近她，观察她，发展她的。今天，她成为她们中的一员，尤其是刚刚的誓言，让她深深感到自己变得神圣起来。但她们被告知，这个身份是秘密的，不得告诉外人。她激动，忐忑，期待。出门站在阳光下，觉得小小的自己成了一个伟大的人，一个有了重大责任的人。她把秘密死死存进心里。除了母亲，谁也没有告诉。

1949年10月1日，她终于站在天安门城楼下，近距离看新中国成立大典。从此，她终于可以开口告诉人们，她早已是一名中国共产党党员了。而之前《东方红》里唱到的大救星，那位叫毛泽东的人，就是国家主席，高高站立在她的眼前。

想到这些，许笑梅又不由得在心里，一遍遍高唱："东方红，太阳升，中国出了个毛泽东……"

1949年阴历十月，14岁的少女李彩萍身穿一条红色粗布棉裤、一件黑色粗布棉袄，坐着一顶花轿，在天黑之际把自己嫁进婆家。

# 花轿中的新娘14岁

受访人：李彩萍，山西沁县人，1935年出生，1949年14岁

"明天最后一天了，今晚我们就不出去'躲反'了。"

"哥，那你早点把牲口喂了睡，明天鸡叫咱就走。"

对话的是李彩萍的父亲与二叔。两人说的是第二天下地播种的事。那是1946年阴历四月二十。

那时候，国民党正在各村疯狂搜寻共产党员、进步村干部。许多人还与日本人侵略中国时一样，晚上要跑到外面躲避，老百姓叫"躲反"。

正是耕种时节。第二天，家里的地就种完了，借来的牲口与家什也可以归还了。哥俩觉得，几个小时应该不会有事，想着第二天赶紧抢种完，晚上再出去躲。李彩萍的父亲听完弟弟的话，出门给牲口添料。没想到刚出了院，几声"站住"便喝过来，紧跟着哗哗

哗地火把撒满院。

从未有过的亮啊,当年11岁的李彩萍清楚地记得。她出门后,父亲已经蹲在地上,住在东屋的二叔也被人拉出来。很快,两根绳子把弟兄二人捆在磨盘上,又进几个人进屋里乱搜。李彩萍的母亲与奶奶急急上前哀求:就是两个种地的,放了他们吧——

"滚——"回应两个柔弱女子的,是齐刷刷过来的枪杆子。

在全家的注目下,父亲与二叔被带走,一起被带走的还有父亲及姐弟仨的被褥及一头毛驴。

正有孕在身的母亲一边哭,一边在昏暗的灯下将丈夫一件破上衣与一条小褥子缝在一起,勉强做成一条被子。

这条特别的"被子",姐弟仨一直盖到1949年李彩萍出嫁。因为,他们31岁的母亲在父亲被抓走的那年9月便因伤寒去世,还没来得及给3个孩子再做一条被子。当然,带走的还有肚子里的孩子。

李彩萍说,二叔当天就被杀害了,因为他是共产党员。一同杀害的还有本村一位16岁的少年。少年并非共产党员,是国民党未能抓到他当村干部的父亲和共产党员的哥哥,恼怒之际用放羊的他当了替代。无辜的少年不仅替父亲与哥哥死去,还被挖了心、砍下头,惨不忍睹。

那一天,离沁县解放还有50天。即将解放的最后日子,他们因村里一位地主告密而悲壮死去。

李彩萍二叔的死,凄惨无比。李彩萍的爷爷后来去收尸时,也是零零乱乱将儿子的尸骨捡在一起,从25里之外的县城背着回家。离家还有七八里路时,悲愤交集的父亲终于挪不动步子,被村里来的人接了回去。

李彩萍的父亲并非党员,还是被打得多次昏死过去。后来把家里的粮食都交上去,又经维持会几番沟通周旋,血淋淋的父亲终于在半个月后被放回来。

那一天,李彩萍抱着从父亲身上脱下来的衣服去洗。坐在河边,等父亲硬邦邦的衣服慢慢泡软,看一河水变得红艳艳。

父亲的血,深深刻在李彩萍心里。

1947年阴历二月,沁县大征兵,号召热血男儿投入解放战争。35岁的父亲正好没有超过要求的年龄范围,于是将3个未成年的孩子留给母亲,狠狠心穿起军装,扛起枪。

3个孩子有两种选择,一是分到三家抚养。二是跟着失去丈夫且无儿女的二婶婶生活。经过沟通,二婶婶说不再嫁人,好好待3个孩儿。但毕竟不是亲生,同龄的伙伴背起书包,李彩萍却成为这个家的主要劳力。地里活儿要干,回来还要学纺花织布做针线,照顾小她3岁的妹妹、小妹妹3岁的弟弟。李彩萍一年四季东拼西凑付出全部力气,才能确保姐弟仨不露屁股不露脚趾头。

尽管这样,她还是没有能力给姐仨拼凑一条被子。

"天天哭。"李彩萍记得,想念再也回不来的母亲,更想念不知死活的父亲。

1949年春天,终于盼来父亲的第一封信。欣喜若狂的李彩萍打开,找来村里识字的人给他们读。父亲的信中,问父母健康,问3个孩子平安,又告诉家人他跟着部队在河南。

那天,正好村中一位在县银行工作的人请回一个照相的师傅拍全家福。顾不上等地里的爷爷归来,奶奶便带着姐弟仨跑去拍照片。

# 再回1949

看妹妹身上的衣服实在不像样，旁边一位婶婶脱下自己的夹袄穿在她身上。

几天后，一张珍贵的照片，再加上心里的话、家里的事，李彩萍一字一句，尽力讲给写信的人，看对方像密码一样写在纸上，放进信封里。

此后，父亲与家里有了信息，李彩萍快乐地在家与读信人中间跑来跑去。然而父亲回来的日子还是遥遥无期。

秋日的一天，爷爷把她叫到身边："孩子，这样的日子苦了你。给你寻了个人家，走吧。"

走吧。14岁的李彩萍明白了爷爷的话，什么也不问，在心里告诉自己。

订婚那天，男方带来一副崭新的被褥，一夹一棉两身衣服，都是家织粗布。

阴历十月份，到了李彩萍出嫁的日子。男方给的一身棉衣，做了李彩萍的嫁衣，一条大红棉裤，一件黑色棉袄。棉袄的黑色是用一种"爬爬草"加白矾煮出的色，因此并非纯正的黑。

一头短发，被人梳得整整齐齐。

嫁妆除了男方家一身夹衣，一套被褥，还有母亲出嫁时姥爷陪过来的一只大板箱，"黑色的，上面绘有牡丹花"。另外，还有母亲没舍得穿几次的两身陪嫁衣。

这是奶奶搜遍母亲箱底所能找出全部可以拿出手的物件。

从男方家来的新被褥放在黑色板箱上，由两位送亲者抬着；几身陪嫁旧衣及一些零碎物，由另一位送亲者抱着，走出李彩萍生活了14年的村庄。尽管当时接亲已经时兴骑马或马车，可相隔七八里

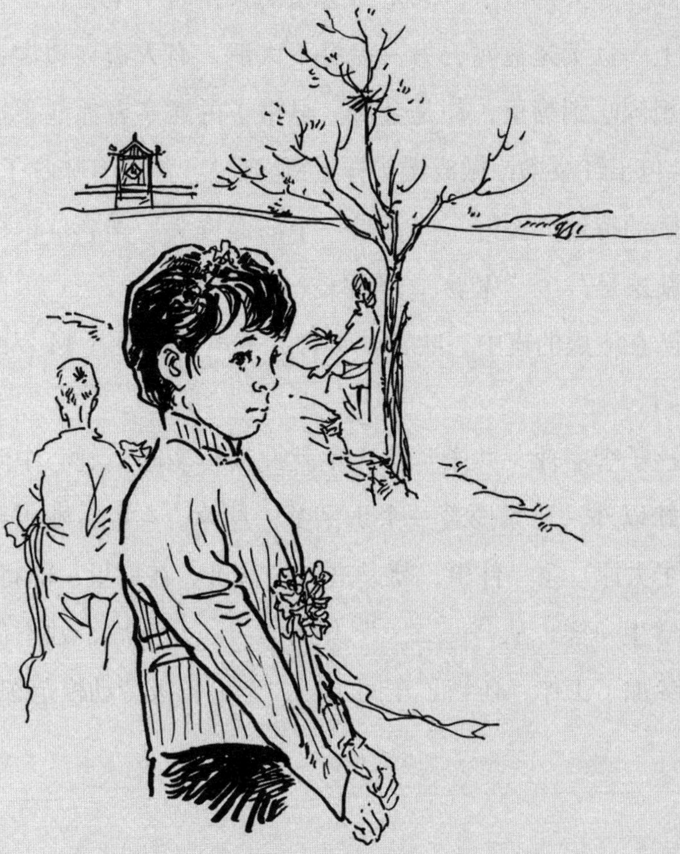

之外的婆家派来的依然是一顶花轿。

巧的是,这顶花轿那一天要迎娶两位新娘。因此当接到排在后面的李彩萍到了婆家时,天已经全黑了。

亲戚乡邻大都散了,家里给送亲的人留着一桌喜饭。昏暗的油灯,桌上一盘菜是豆腐,另一盘看不太清。有人边夹边说:肯定是肉。没想到吃到嘴里,却是金瓜。早饿了的送亲者抓起手边的黄蒸(黄软米包了红豆馅,做成馒头样上锅蒸熟),津津有味吃了起来。

新娘的待遇,要好一些,是一个白面馒头。李彩萍记得还做了花样,新娘是一个"兔子",新郎是一匹"马"。

乐队在漆黑的夜中,吹着,奏着,一声声提醒着14岁的少女成了他人妇。

苦孩子李彩萍,并未觉得人生就此变得灰暗。她心中除了惦记弟弟妹妹以外,还紧攥着一个识字梦。所幸,4年后她跟着复员的丈夫到了太原。第一件事,就是进入扫盲班。在那里,即将20岁的她像小学生一样,从"一二三"开始学习。几年后,她不仅顺利进入工厂参加了工作,还当了车间主任,走上省级劳动模范领奖台。

经历过日军、国民党兵、解放军的"三朝元老"陈俊生，记忆最深刻的还是在家门口送别一批解放军战士。

# 家门口送别解放军

受访人：陈俊生，北京人，1934年出生，1949年15岁

陈俊生对父亲的记忆是模糊的。他6岁那年，在北平打工的父亲不知什么原因得罪了日本占领区的警察局，被抓进监狱。父亲受尽折磨，气郁不能释放，得了气鼓病。经多方协调，重病的父亲终被保释，但出狱仅坚持了两三天，便含恨离开这个世界。

一个家庭最重要的人走了。母亲只能含泪挑起重担，带着几个年幼的孩子，还有自己的母亲，在广安门一家福音堂租下一处房子，送陈俊生上了小学。可家里经济条件实在太差了，连打一针预防霍乱的钱都没有，饥饿更是时常伴随着一家人。过年的时候，母亲带着孩子们到市场上捡点人家扔掉不要的带鱼鱼头，回来放进一锅水里煮。通过蒸汽透出的隐约鱼香，便成了全家最好的美味。

跌跌撞撞，有一天没一天，陈俊生念完小学，被母亲交给一位

摆地摊卖铁货的亲戚，希望能跟着人家挣点钱。

每天一早，在北平的东小市、西小市，便能看到一个瘦弱的身影，身背一个大大的口袋，东转转，西瞅瞅。陈俊生说他在认真寻找，看看能不能发现一些拆下来的汽车零部件。好长时间，陈俊生就依靠这些辛苦寻来的铁货，跟着摆了一年地摊，给家里换了一些少得可怜的补贴。

陈俊生爱学习，每天出门都要带上自己的课本。大多数等客来的空隙，他就自己读书，自己认字，自己温习。

1948年底，解放军包围了北平。尤其是1949年1月15日天津解放后，90万解放军兵临城下，让孤守北平的国民党军傅作义部25万人完全陷于绝境。为了保护这座驰名世界的文化古城免遭战争破坏，北平地下党与许多开明人士开始耐心细致工作，进行和平谈判。这期间，城内失去一切生活来源，更加艰苦。陈俊生说城内看不到一片菜叶子。后来一天，只说有国民党兵把离北平近郊农村的白菜拉进城卖。跑到市场一看，却被价格吓倒了，根本不是他们这样的家庭能承受得起的。于是，陈俊生就拎个袋子等在菜市场，看有买菜人把不要的菜帮子扔掉时，赶紧捡起来。

没想到有一次他正低头捡一片白菜帮时，冷不防有一只脚踹过来。"我是飞出去好远才摔在地上的。"陈俊生清楚地记得。他忍痛抬头，发现一个国民党兵远远地指着他。

这还不算。当时困在城内的国民党不甘心，到处拉夫抓兵，派工挖战壕。年少的陈俊生也被抓去，到东便门外挖战壕。国民党兵监工的手里，拿着粗粗的藤条，看到谁干活慢，啪啪就打过来。陈俊生因为年龄小，手脚慢，也被打过几次。

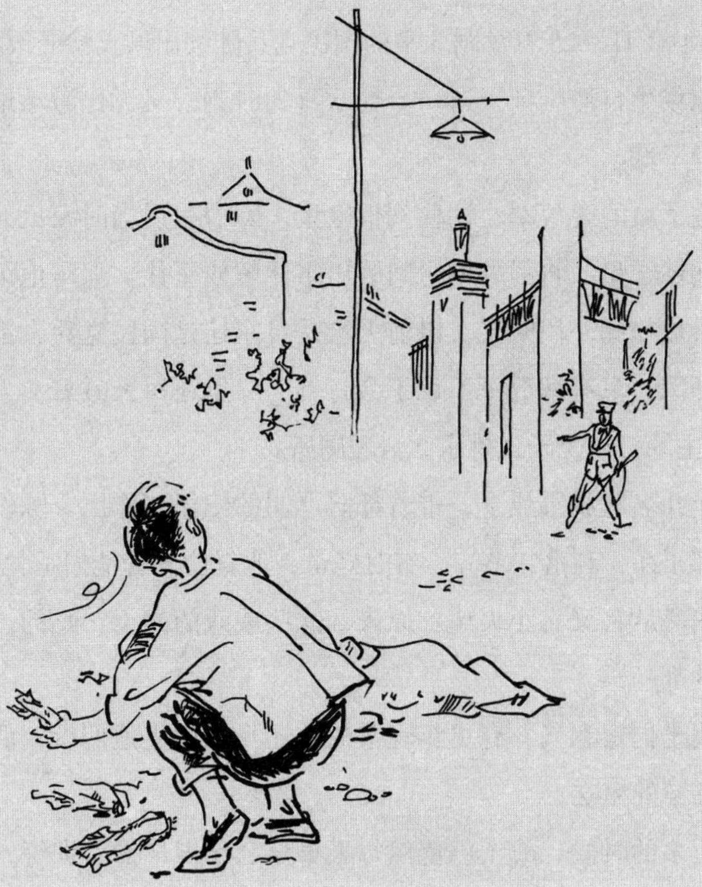

然而很快，这些打过人的，踹过人的，最终却不得不放下手中的藤条，放下背上的枪、手里的刀，低着脑袋出城了。

1月21日，国民党华北"剿总"总司令傅作义接受了解放军提出的和平条件，签订了《关于和平解决北平问题的协议》。从1月22日到31日，25万盘踞北平的国民党兵陆续出城，接受改编。

陈俊生自然见证了这一令他欢喜的时刻，又无比激动地迎接解放军进了城。

进了城的解放军，还住到他家里。陈俊生说当时家里人尽量挤在一间屋子里，将另外的房间腾出来让解放军住。那是他记忆里最热闹最放松的一段时光。以前无论是日军还是国民党兵，都对百姓非打即骂，只有解放军不仅不会打骂，口里还每天喊着"大爷，大妈"，主动打扫院子，挑水，清理厕所。

十几名解放军战士，带着部队严明的纪律与作风。陈俊生记得一切都干净，利落，整齐。有时好奇，他就偷偷看他们睡觉，吃饭。看完内心欣喜又有小失望：原来，这些威武的战士，吃的、睡的与老百姓都一样。

战士们很和气，有更年轻些的，还与陈俊生他们玩，偶尔会给他们稀罕的糖吃。

更多的时候，战士们依然每天早早起床做早操、训练，有时听课。后来陈俊生发现，他们开会的主题是动员南下。

这些住在陈俊生家中的都是来自中国人民解放军第四野战军的战士，于1949年3月下旬组成先遣兵团开始南下，4月20日配合第二、第三野战军发起渡江战役，5月中旬强渡长江成功，解放了武汉。

陈俊生回忆，当时应该有战士不想继续南下，他说是从表情上看出来的。一路走过抗日战争、解放战争，许多战士身心疲惫。然而看到仍有许多地方的百姓生活在困境中，许多国土没有被解放时，战士们的激情再一次被点燃。

年少的陈俊生不知道，当时北平还成立了"南下工作团"，除了军人以外，还吸收平津地区的大学生和部分高中学生，希望大批知识分子加入南下的大队伍当中，争取革命的最后胜利。

1949年2月，《人民日报》《北平解放报》《天津日报》等报纸陆续刊登出消息。一时间，平津两市院校学生热烈响应，掀起报名参加南下工作团的热潮。清华大学从当天开始到3月1日，便有1000多名学生报名，占到在校生的1/3，有的全班同学都报了名。北京大学、北京师范大学、辅仁大学、燕京大学、朝阳学院、华北学院、北平铁道管理学院、中国大学、中法大学、铁路专科学校、北平艺术专科学校等院校的学生，都争先恐后报了名。这期间有许多流亡在北平的东北各院校学生，也放弃了"北上还乡"的初衷，改变了随校迁回东北的主意，决定"南下革命"。

据说，由于报名南下的学生过多，有的院校已无学生上课，不得不中止动员。

在大学生哥哥姐姐们的带领下，许多中学生也不甘落后，有些不够年龄的初中生甚至隐瞒年龄报了名。一时间，父母送子女、夫妻齐报名、师生同参军的动人场面在北平热烈上演，书写出一曲可歌可泣的青春之歌。

大卡车来了，停在陈俊生家门前。屋里，解放军战士们已打好背包。住过的房间，一尘不染。院里院外，战士们与朝夕相处了一

# 再回 1949

段时间的大爷大妈们告别,也和陈俊生们这些小孩子们说着再见。

多年以后每每看到"军民鱼水情"这句话,陈俊生不由就要心动一下,就要想到 1949 年春天的那一幕。也不由得会想想,那些在家里住过的年轻战士,南下胜利之后,是不是都安全回到家?

> 1949年，平遥古城的夜晚，总有一个少年端着几盒纸烟叫卖。他不是为了讨生活，而是为了一张通往省城的火车票。

# 坐着绿皮车求学省城

受访人：刘兴华，山西平遥人，1934年出生，1949年15岁

刘兴华的童年在抗战中度过，然而对他而言这不是最苦的事。他的爷爷在重庆银行做保管，死于日军轰炸中；叔父是驻平遥守军一名警卫连连长，在保卫平遥战斗中牺牲；父亲在平遥一个村庄做老师，因宣传抗日救国被杀。

刘兴华的内心，刻着血淋淋的仇恨。

1949年，刘兴华在平遥上初中一年级。解放后虽然安定了，但新课本还没有到位。十几名学习好的同学便聚在一起商议，这样下去，怕是要耽误学业了，将来如何考大学？

不如，一起到太原上学吧！

这个建议，刘兴华双手赞同。刘兴华学习成绩非常好，在当老师的父亲调教下，他6岁就能认识并写出500多字，遗憾的是在他

# 再回 1949

7岁时父亲被杀，家里还有小他6岁的弟弟，母亲带着弟兄俩的生活可想而知。他不得不早早成为家里的顶梁柱。因有良好的功底，他在学校学习非常轻松，一直是班长。动了去太原上学的念头后，他就从一位做生意的本家叔叔那里"借"出一些纸烟，放学后到街上摆摊卖。因为买烟的人少，几个晚上才能赚到一角钱。刘兴华记得，当时一角钱可以买一个油酥饼，而从平遥到太原的火车票是1元2角，也就是可以买12个油酥饼。

1949年7月份，他用12个油酥饼的钱买了一张火车票，与十几名同学从平遥出发，坐上到太原的火车。他们听说，太原当时最好的中学是进山中学，于是先到这里报了名，为了保险起见，同时又报了山西国民师范学校。他记得，进山中学初二年级共招收一个班，可报名人数就超过300人。

在山西国民师范学校考试时，刘兴华只考完语文数学两门课便退出了，原因是考场秩序混乱，考生互相抄袭而老师并不制止。

分数很快出来了，进山中学300多名考生中，从平遥小村里来的刘兴华竟然高居榜首。校长很快找他谈话，希望他安心在本校上学。他提出一个要求，那就是能不能给助学金。校长笑了，告诉他第一名一定有助学金。

没想到的是，紧接着山西国民师范学校也派了一名老师来找他。原来，只考过的两门课程中，刘兴华的分数依旧是第一。几门课综合，他是备取第一名。因为数学满分，语文第一而引起学校关注。他依然问派来的老师，有没有助学金？对方说这是师范学校，国家都管。

但刘兴华想了一下，还是选择了进山中学。

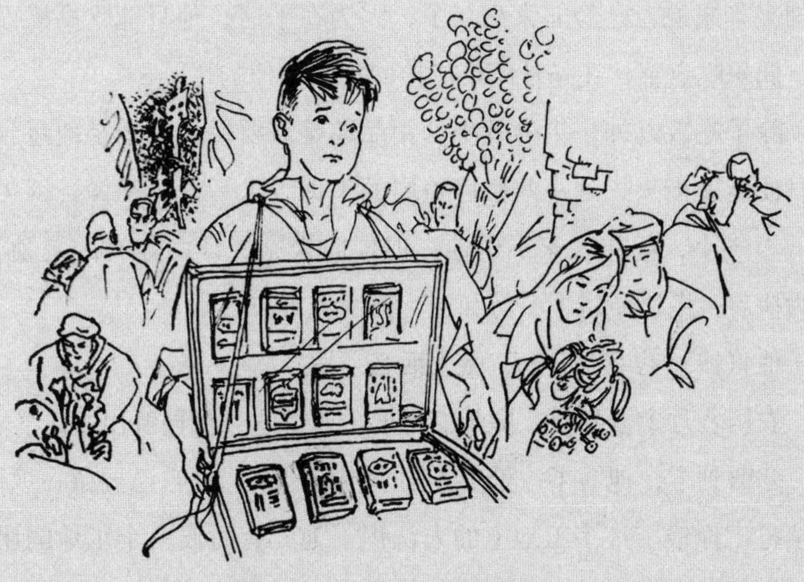

学校给他的助学金，是每月70斤小米，一张理发票，一张洗澡票。

"吃饭问题就解决啦！"刘兴华很满足，愉快地投入新环境的学习中。他记得学校学习条件很好，老师也好。住的宿舍大概15平方米，是用木板搭建的床铺，四五个同学一间。每天可以吃三顿小米饭。早餐是稀饭加小米干饭、土豆白菜，一两个月可以吃一顿肉菜。对刘兴华来说，已经非常高兴了，因为在平遥，他只能吃高粱面糊糊，偶尔吃点菜，还是从菜市场捡回人家扔掉的烂叶子。

除了吃饭以外，买书及生活用品还是需要钱的，于是他每到休息日便走上街头，到一些修房盖屋的工地寻求一份短工做。因为个子低力气小，起初人家不用他，但他向人家保证，他有的是劲儿。因为执着，慢慢便讨下一份和泥、抬水的工作。

他将钱一毛毛攒起来，做生活必须用。

农历八月十五到了，同学们都取出月饼吃，他便躲出去。

寒假到了，他写了一份信让同学带给母亲，说自己要留在太原，继续打工挣钱。许多工地上的人认识了他，有时候一个工地的用水他都包了。一担水挑不动，他就挑半担，一毛钱一毛钱积攒着自己的生活费。

一年多时间，他没有在太原这座街头逛过。最奢侈的时光，是因为找不到工做，跑到一个同学所在的姨姨家玩。他说那名同学的姨父是一名日本医生，日本投降后没有回国，留在太原开了诊所。但他没有见过那名日本姨父，只见过长得漂亮的姨姨。同学们到家里后，漂亮姨姨就给他们泡茶喝。几位同学便围坐在一张小桌子上，聊天说话。

那是刘兴华第一次喝茶。

1949年10月份,学校成立了新民主主义青年团,刘兴华成为第一批青年团员。荣誉面前他不敢骄傲,而是更加努力学习,并带头打扫卫生,帮助食堂洗锅刷碗。

那时候的刘兴华并不知道自己将来的方向,内心的理想只有一个,那就是毕业后考一所大学,成为一个有用的人,尽自己的最大力量让国家强大起来,不再受外人侵略。

没想到的是这样的学习仅仅持续了一年,中朝边境燃起战火,抗美援朝运动拉开。刘兴华心中仇恨的种子也被迅速点燃。于他而言,美帝国主义与当年的日本人一样,都是可恶的侵略者。

"我要去朝鲜!我要打敌人!"

又是全校第一个,刘兴华报了名。

事实却未能让他如愿。体检结束后,他以身高差一公分(1公分=1厘米)、体重差一公斤被淘汰。

这个结果让刘兴华无比委屈,他不服,跑到进山中学书记办公室说情。书记说这是部队的标准,他也没有办法。吃饭时间到了,刘兴华就是不走,哭着解释,他说身高体重不达标主要是因为家穷,缺乏营养。如果能到部队,就会吃饱肚子,一年后必然会超过标准。他的这番"道理"最终打动了校长和书记,于是特意到军校招生办公室,告诉招生负责人刘兴华学习成绩优好,政治过关,表现积极。更关键的是,他一家三口人死在日本人的屠刀下。有着这样仇恨的青年人,一旦上了战场必然是个好兵。

招生负责人最终被打动,破格收下刘兴华。

出发前,他与战友们在柳巷饭店吃了丰盛的一餐,四菜一汤。

他清楚地记得，馒头随便吃。

那是 1950 年 12 月 8 日。饭后，他特意去柳巷照相馆拍下一张照片。崭新的军服左胸，是"投考军校"4 个醒目的大字。

随后刘兴华与其他 600 多名学员一起，进入华北军区通信学校培训，期限一年。没想到 4 个月后因朝鲜战争需要，总参通信兵部向这个班要 20 名报话员。经过考试，刘兴华以第 18 名的成绩顺利入选。

刘兴华很快以报话员身份上了前线，参加了上甘岭、金城反击战等战役，经历了九死一生，荣立一个二等功，两个三等功，最终以六级伤残员身份，于 1953 年捧着"革命军人立功喜报"回到祖国，在家乡的土地上继续奉献光与热。

> 山路弯弯，长路漫漫，一辆负重前行的汽车，翻山越岭，驶向心目中的光明之地——重庆。

# 翻山越岭去重庆

受访人：贾璠，山西太原人，1933年出生，1949年16岁

"我哥哥那时候做生意，是阎锡山下属的商业部门。"说到与阎锡山的关联，贾璠的声音还稍有特别。

解放前，太原是"山西王"阎锡山的地盘，也是国民党的统治区。贾璠算是幸运儿，他的父亲及两位哥哥都做生意。1948年10月解放军围攻太原时，贾璠在太原工业职业学校附中读书。当时，阎锡山大力号召，适龄男生都要去当兵，要"誓死保卫太原市"。同时还在学生中地毯式搜寻共产党，目标是"十除一，一变九"，就是在10个人中要除掉一个共产党员或革命群众，把原有一个拥护阎的人变为9个人。因此，学生中凡有异常举动，哪怕是唱几句进步歌曲者，都要被处死。

据山西省政府统计，仅1947年11月、12月两个月，乱棍打死

者就有 3000 多人。

贾璠记得,当时仅太原进山中学就杀了不少进步学生。他们寒暑假结束回校,都要被细细盘问,问是否接触过共产党。诸多信息让学生们恐慌,于是一部分跑到北京,在那里成立的"山西临中"继续上学,还有一部分去了西安。

贾璠自然要去西安,因为哥哥的生意已经提前转到西安。他是跟着嫂嫂一起走的,乘飞机。不过出发并不顺利,因为太原南郊的飞机场已被解放军控制,只剩北郊一个小机场。他说机票是叔叔买的,身上带着姑姑给的 10 块大洋。

第一次坐飞机,却没有兴奋。一家人心里慌慌的,能顺利离开吗?果然,起飞前听说西安下起大雨,不能飞。

等的那个急呀。终于,西安的天气没有让他们太绝望。雨,终于停了,飞机终于起飞。

贾璠的记忆没错。1948 年 7 月 21 日,晋中战役结束后,徐向前给军委、华北局、华北军区发去报告:已收复榆次、太原县城,控制南机场,太原市外围的作战业已基本结束。我主力现已接近太原郊外筑垒地带,今后将进入攻取太原外围据点的阵地攻坚战。

总之,晋中保卫麦收战役已结束,进攻太原战役的准备阶段已开始。

太原成了一座一触即发、被死死围住的孤城。能逃的,都逃了;能躲的,都躲了。

西安的日子也顺利不到哪里,经济萧条,物资匮乏,通货膨胀,物价失控。贾璠在哥哥的资助下读完中学二年级,西安的空气也越发凝重。贾璠再次跟着哥哥,辗转重庆。

确实，贾璠一家离开后的1949年5月20日凌晨，解放军第六军第十六、十七师经过40分钟激烈战斗，渡过渭河，进军西安。那时候，兵临城下的解放军不仅肩负解放西安的重任，还奉命保护这座古城。或许觉得大势已去，驻扎在钟楼和鼓楼上的国民党士兵自动放下了武器，让这个十三朝古都避免了战火的洗礼。

然而，正当全城洋溢起欢乐的庆祝气氛，钟楼附近的大市场上各类商家开始喜洋洋营业时，5月29日却听说胡宗南残留在秦岭的部队全面下山，欲与马鸿逵、马步芳的军队汇合后再回西安。因当时驻守在西安城内的解放军并不多，空气再度凝重起来。

好在，这一次没让人们恐慌多久。没过几天，解放军第十八、十九兵团从解放后的太原火速开来，使胡宗南的反扑全面落空。

太原、西安，就这样跟着贾璠离开的步伐，相继被解放。

今天说起，他说当时没有办法，因为阎锡山一直给他们施加压力，到处宣扬共产党杀人如割草的假消息。

他的哥哥，与那些在国民党部门工作的人，便只有恐惧地逃。

他们离开西安是1949年初，天气很冷。他清楚地记得，从西安到重庆，坐了整整20天汽车，那种解放牌大汽车，同行的有20多人。一行人从西安出发，路经咸阳、汉中、广元、绵阳、成都、内江，最后到达重庆。

山路弯弯，长路漫漫，一辆沉重的汽车，行驶在他们向往的光明之地、安全之所。

没想到，在秦岭山中，有一天汽车忽然坏了。一车人，冻了一晚上。

好在，路上并没有遇到共产党的人。因此车上人比较欣慰，觉得他们的选择是对的，这一带，依然是国民党控制区。走着走着，他们的心情也由当初的焦虑变得悠闲，甚至在路经一些历史文化景点时，还要进去看看。贾璠记得，到成都就看了刘备墓。

墓前，他们还感叹世间自古战乱不断，这场战争结束后，又会留下哪些名垂青史的人？

天黑之后，条件好些的人会住旅店，差些的就在车上将就。

翻山越岭，重庆终于出现。城市之间建筑不同，街巷有异，空气却类似。眼前的景象似乎安然，贾璠却总觉得暗藏凶机。他不知道，下一站，又会去往何方。

哥哥给他安排的是重庆清华中学，读三年级上学期。一切安顿好后，哥哥郑重拿出10块大洋，细细缠在他腰间，告诉他这些钱要等到万一形势发生变化、哥哥也接济不上他的关键时刻，再拿出来用。

看着哥哥离开的背影，想想身处的陌生校园，以及眼下的形势，16岁的贾璠摸着沉甸甸的大洋，心绪难平。

10块大洋，日日缠在贾璠腰间，一直没有给它们挺身而出的机会。他与哥哥的联络，始终没有中断，10块大洋被他在解放后兑换成人民币。

落脚下来的重庆，也如之前的太原、西安一样，并非宁静之地，物价一样飞涨，手中的法币贬值严重，差不多可以用麻袋装了。许多人起来抗议，街上到处抓共产党，抓革命群众。但白色恐怖阻止不了进步学生的步伐，清华中学与南开中学的大批进步学生经常联手，秘密宣传共产党，讽刺国民党。那时候，他们在天将黑时从清华中学出发，步行两个多小时到达南开中学，在死寂的夜里偷偷开

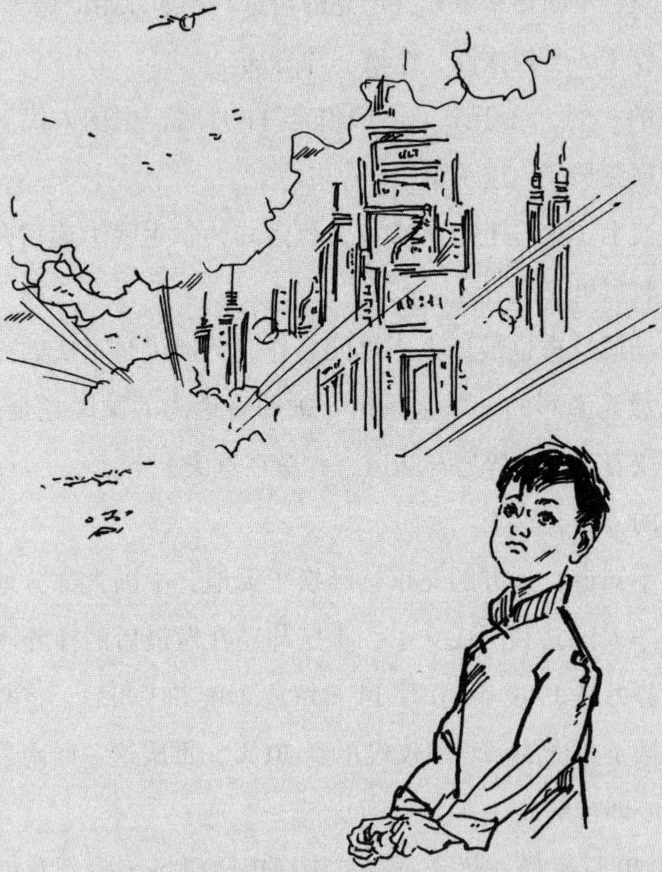

篝火晚会，小声却激情开唱"山那边呀好地方，穷人富人都一样"。

街上极不安宁，学校一片混乱。哥哥没再提离开重庆。

或许，无处可去了吧，贾璠想。

监狱里，不断传来杀死共产党的消息，比如江姐的遇害。

工厂停工，学校停课，全城一片恐怖。

该来的一刻，终于来了。1949年11月底，中国人民解放军二野在涪陵横渡长江，进军重庆。

双方交上了火，上空常常有飞机轰炸，学生晚上连宿舍也不敢回，就住教室里。

有一场最严重也最让人心疼的轰炸，贾璠说是重庆的一条银行街。那么流光溢彩的一条金融街，被即将逃离的国民党全部炸毁。硝烟中裹挟着金子的碎屑与味道，弥散在重庆上空。

被炸的，还有军工厂。

贾璠不知道，远方的北京已经换了天地，中国大部分地区阳光明媚。中华人民共和国成立了，重庆却还在做最后的挣扎。这些国民党残余势力是1949年10月14日解放军攻占广州后，将其伪中央政府招牌搬至重庆的。然而仅仅不到50天，重庆这一西南最大的政治经济中心即被解放。

11月30日凌晨，蒋介石在重庆白市驿机场美龄号专机上度过惊惶一夜后，飞逃成都。26分钟后，解放军攻占了机场。奉令死守重庆的卫戍司令杨森，也在同日早晨逃离重庆。正面进攻重庆的解放军进抵长江南岸海棠溪，左翼迂回部队从李家沱过江，经杨家坪、大坪至沙坪坝，重庆市区被团团围住。

据路透社1949年11月29日报道：九龙坡机场最后一架飞机出

逃时，约有 30 名乘客丢弃了行李，争先恐后登机，但仍然有 27 名乘客没有挤上飞机。在陆地上，成渝公路车辆拥挤，交通阻塞，内江附近渡口有数百待渡的车辆。国民党官员飞逃同时，普通士兵也争相逃命。据美联社报道，多数溃逃士兵都着草鞋或赤脚，30% 仍着夏季军服。士兵们不时勒令洋车夫拉他们的东西，滑竿夫抬着武器和弹药。通衢大道上军车拥挤，车祸司空见惯。

当时《重庆日报》报道这座城市解放时这样描绘：全城欢声雷动爆竹喧天，百万市民庆幸黎明到来。

贾瑶没记得报纸的报道，却记得街上农民抬着一头头将毛刮的一根不剩的白白胖胖大肥猪，迎接解放军进城。街上热闹非凡，锣鼓喧天，其间夹杂着专门讽刺蒋宋孔陈四大家族的活报剧，还有《放下你的鞭子》等节目。

那一刻，倾城出动，才艺与心情携手绽放。

眼前的欢喜让他想家。1950 年，贾瑶与家人回到太原。到家才知，自他离开后，母亲就坚持不再吃肉，为他们兄弟祈祷。

夹起一块肉，贾瑶喂进含泪的母亲嘴里。

## 再回 1949

> 1949年，16岁的洛桑曲达是西藏山南日乌曲林寺一名小和尚。但他在这里的目的，却并非做一名僧人。

## 日乌曲林寺的小和尚

受访人：洛桑曲达，西藏山南人，1933年出生，1949年16岁

1949年春天，人民解放军渡过长江的消息传到遥远的西藏。

西藏的百姓，对解放军没有概念。那时候，16岁的洛桑曲达是山南乃东昌珠地区察如村东部山嘴上日乌曲林寺的一名小和尚。他是4年前被家人送到这里的。洛桑曲达是乃东县克松村人，他的家就在日乌曲林寺斜对面四五公里处。

洛桑曲达一家在当时属于农奴阶级。自公元10世纪开始，西藏便实行农奴制，一直到新中国成立。农奴制期间，农奴主阶级占西藏总人口5%，领主为地方封建政府、贵族、寺院及其代理人，占有西藏全部土地、山林和大部分牲畜、农具、房屋及其他生产资料。90%为农奴阶级，人身依附于农奴主。这个阶层又分为富裕农奴、中等农奴和贫苦农奴。其中"差巴"和"堆穷"是农奴阶级的主要

组成部分。差巴是支差者，领种地方政府的差地并为其与所属农奴主支差的人，是农奴中地位最高的阶层。堆穷为小户，靠租种农奴主、大差巴户的小块土地为生，或者有一技之长，要向农奴主交纳人头税。堆穷绝大多数没有牲畜和农具，份地也少，基本靠出卖劳动力为生。最下等的是"朗生"，就是家奴，没有任何生产资料，受领主绝对支配。

洛桑曲达家不算最下等的，属于堆穷，耕种着差巴分给的少量土地。更关键的是全家随时要为领主支差。支差在当地称提供乌拉，也就是一生都要为所依附的领主提供无偿劳役。洛桑记得，当时支差是按租种的土地量算。对他们家来说，常年要有两人给所属的领主支差，遇到农忙时必须再加一个人。最忙时，村里的农奴们常常要全家出动，才能应付农奴主土地里繁忙的耕种。

洛桑曲达兄妹5人，他是老小。父母出于对他的疼爱，不想让他漫长一生像他们一样过下去，便想把他送进寺院。洛桑曲达说那时候如果寺院有熟人，一次性交纳一笔费用，便可脱离奴役之苦。洛桑曲达记得当时向寺院交纳的费用是150两藏银。据了解的人说，每20两藏银折合一块大洋。按照采访时2019年的银价和含银比较推算，一两藏银相当于5分钱人民币，150两藏银折合人民币只有7.5元。但即便如此，洛桑曲达的父母也是把家里的粮食和一些物品折合后才够支付的。

挥别父母，洛桑曲达带着被解脱的自由身，走进寺院，穿起袈裟。

从此，日乌曲林寺又多了一名小和尚。日乌曲林寺是中国藏传佛教格鲁派寺院。据《黄琉璃》记载，建寺初即设密宗院，至17世纪末，密宗修习制度近似于拉萨上密院。寺院当时有僧侣150名，是该派在山南地区的十三林之一。洛桑曲达在寺院的生活，与他之前相比真是换了天地，首先是一日三餐有了保障，更重要的是没了苦役，主要任务就是学经。他记得，每天太阳升起照在山上就开始功课，太阳落山时结束。也打扫院子，挑水，捡柴火，给师傅帮忙。这些工作与他之前相比，是天上与地下的差别，也是最简单轻松快乐不过的事。

那时候，寺院不仅有僧人，有田地，还有庄园。寺庙的体力活，由所属的庄园负责，也就是像洛桑曲达家人一样的农奴来做。他记得日乌曲林寺管辖着3个庄园。当时农奴制条件下，西藏地方政府占实耕土地的31%，贵族占30%，寺院占39%。

2019年，在见到洛桑曲达的第三天，我走进同样处在山南拉玉乡强吉村的强钦庄园。这个庄园占地面积2025平方米，曾经监狱、粮仓、会客室、佛堂、林卡、马厩等一应俱全。欣赏宏大精美的建筑与历史之外，也从众多细微处重温了当年农奴的处境。与主人阳光明媚的房间不同，农奴大多住在阴暗的地下室，或者与牛马等牲畜生活在一起。强钦庄园当时仅林卡（园林）的占地，就有83亩。

当时，洛桑曲达一家7口所住的土坯房为4柱，每柱相当于15平方米，便是大概60平方米。然而住房狭窄并不是他们的难处，他们更大的苦难在于吃不饱、少衣穿，以及无穷无尽的苦力活。

洛桑曲达是幸运的。当时与他一样大的少年甚至青年人受不了农奴主的压迫，又无力支差，只能冒着生命危险侥幸逃往寺院恳求收留。

20世纪70年代末任西藏话剧团团长的旺堆，曾经就是一名农

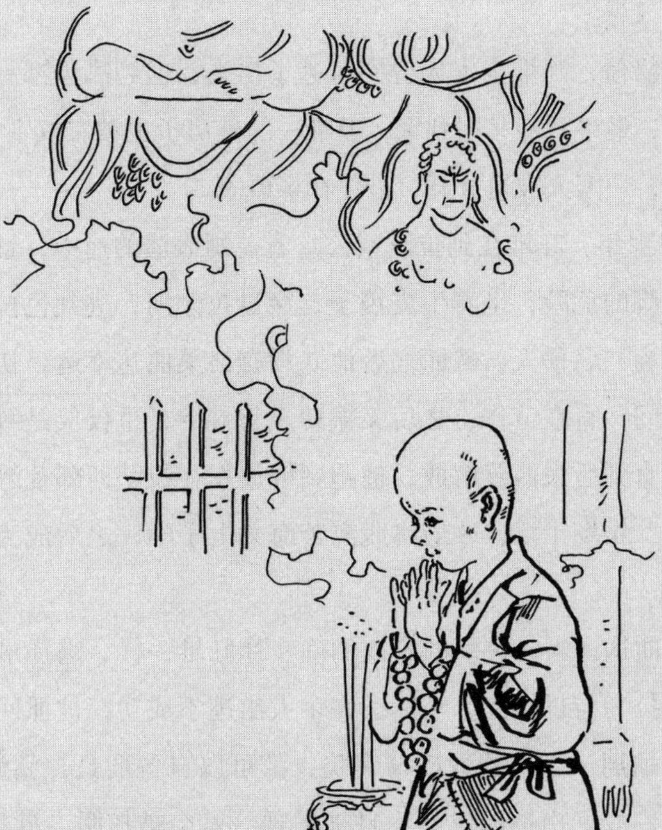

奴。他比洛桑曲达小一岁，是千难万险经过4次逃亡，才得以翻身的。旺堆祖辈都是拉萨次角林寺庄园的"属民"，一出生就是农奴。每到年底，家里的粮食、牛羊及物品几乎要全部抵债。尽管这样，债还是越欠越多。

为了躲债，旺堆全家人曾同时逃了出去，但到哪里都一样受剥削与压迫，最终只能又回到家，但唯一的破房子也被农奴主没收了。无奈之下，一家人被迫分开，借住在亲戚家。

20岁那年，旺堆在到拉萨蔡公堂看羌姆表演的途中，冒着被挖眼睛、砍脚的危险，坐着牛皮筏子，穿过拉萨河，逃到色拉寺，几经周折成为一名僧人。然而之后他并没有洛桑曲达幸运，初到寺中的两年时间一直在劳作；之后又辗转至哲蚌寺，也仅仅是解决了吃饭问题。直到后来西藏解放，他跑到解放军在拉萨西郊荒滩上开设的"七一"农场干活，才最终脱离苦海并上了学，之后成为一名演员。

洛桑曲达说当时拉萨的农奴们确实像旺堆一样，逃往最多的寺院就是色拉寺与哲蚌寺。当然，许多人出逃不成功，被抓回来就要面临大的酷刑。当时的贵族与寺院，都可以自备刑具，私设公堂，随意处置农奴。出逃的农奴一旦被发现，就会被挖眼、砍手足等。一旦哪个农奴被农奴主认定不安分，便要长年戴上沉重的脚镣劳作。

洛桑曲达说他很幸运，没有像旺堆那样惊心动魄逃亡过。感谢父母倾其所有让他名正言顺免除了劳役之苦。然而做僧人毕竟不是他的意愿。

1959年3月28日，中央政府宣布解散西藏地方政府，由西藏自治区筹备委员会行使西藏地方政府职权，领导西藏各族人民一边平叛一边进行民主改革。百万农奴翻身获得了解放。这个消息很快传到寺院。洛桑一颗心活了。他毫不犹豫脱掉穿了14年的袈裟，挥别寺院，还了俗。

那一年，他26岁。但回家后村里第一波改革已经结束，房子及土地已经全部被分配完。他是等到第二年分到土地的。之后很快有了意中人，结婚。

出了他住的村口，远远地就可以望到山脚下的日乌曲林寺。洛桑曲达还会时常去看看。闲来没事时，也会走出家门，站定望上好长一阵。

那里，存着他从少年到青年时代的自由。

## 再回 1949

> 1949年，中国大地大多数区域还有烽火，然而内蒙古自治区的陕坝除外。这里的学校很宁静，可是校规严格，同学们亲眼见过上将董其武的女儿因怕迟到坐了一次父亲的车而被责打。

# 陕坝的宁静时光

受访人：杨行正，山西怀仁人，1932年出生，1949年17岁

今天的许多人，不知道陕坝。

陕坝当年是绥远省的一个市，今天成为一个镇，是巴彦淖尔市杭锦后旗旗委、旗政府驻地。绥远省是民国时期设立的一个省份，在今天内蒙古自治区中南部，当年与热河省、察哈尔省、宁夏回族自治区并称塞北四省，省会在归绥，即今天的呼和浩特市，疆域包括今天河北省大部及北京市三环以外全部地区。

从1931年到1946年，傅作义在绥远主政15年。

清朝光绪年间，陕坝已初具规模。抗日战争爆发后，日本人大举进攻绥远。1931年傅作义被国民政府任命为35军军长、绥远省主席，率部进驻。1939年2月，他率第八战区副司令长官部和绥远省党政军团机关工作人员来到河套，将陕坝作为绥远省临时省会，

开始抗日救国，先后指挥了绥西战役、包头战役、百灵庙战役和著名的五原战役。

烽火连天的抗战岁月，傅作义于1942年将设在宁夏回族自治区黄渠桥的奋斗小学迁至陕坝，并创建了私立奋斗中学，这是河套最早的中学，被誉为"马背上的摇篮"，办学方针是"德智体兼修，教学做合一"。

就在这一年，10岁的杨行正跟着父亲从重庆回到陕坝。山西怀仁出生的父亲大学毕业后到了陕坝工作，之后又到重庆。但日军侵华期间，重庆被轰炸得非常严重。炸弹几次在杨行正身边不远处爆炸。每次从防空洞回家的路上，她都要从一具一具被炸死的百姓尸体中穿过。她的母亲，也因为患了肺结核无药治疗而惨死重庆。为了给3个年幼的孩子一个较为安稳的环境，父亲带着他们到了陕坝。

小学毕业，杨行正就考入陕坝奋斗中学。她说傅校长总是一身灰色的棉质军服，从不穿呢子衣服。创校之初，他亲自制定了"校长八训"：要有科学的头脑；要有愉快的心情；要有活泼的体态；要有健康的身体；要过朴素的生活；要有明白而坚定的语言；造成互相合作的团体；养成说实话做实事的风气！

这也成为日后奋斗中学教育学生的准则！

1949年，杨行正上了高中。她说之前绥远的中学教学水平普遍低，考入大学的学生极少。为改变这种状况，学校出台了多项政策，比如实行奖学金制度，优秀学生所得奖学金加上补助津贴，家里不掏一分钱就可完成中等教育；对考入大学或出国留学的学生，由省教育厅发放旅外津贴完成大学或留学教育；设立傅宜生（傅作义，字宜生）奖学金。

对于教师的标准，省立学校教师每月收入 30 元，可购 1400 斤白面；高水平的教师收入更可达到每月 150 元！

杨行正记得，她中学时一学期的学费才一袋白面。

学校不仅重金聘请外省著名教师授课，还邀请胡适、张伯苓、刘半农等知名学者到学校作报告或讲学。

当然，学校对学生的要求也极其严格，包括校长及其他高层人员的子女们。奋斗小学学生可以走读，但初中以上就必须住校，统一着校服。只有周日早晨可以回家，但下午六点前必须返校上晚自习。而且要求所有学生都必须步行到校，尤其是家里条件好的学生，不得搞特殊。杨行正清楚地记得，一次绥远政府主席董其武的女儿周日返校因出门晚了，怕迟到，因此申请坐了父亲的车。没想到被学校发现，在操场上点过名后，主管的老师当众用教鞭责罚了她。

教师一个学期下来不合格的会被解聘，学生年级考试不及格的将会留级。杨行正说在这样的环境下，学生们学习特别努力。杨行正高中时班里大概 30 多个学生，12 个女生与男生们分区域坐，男女生基本不接触。音乐、体育、美术课都有，没什么其他特别的活动，课程大概有八九门。幽静的校园环境，浓厚的学习氛围。多年后与同龄人对比，才知他们可谓是那个特殊年代中的一批幸运儿。

奋斗中学的学生宿舍，是用木板搭建的大通铺，初中部一间宿舍住 20 多个人，高中部是一间住八九个人。被褥整理按部队的要求，叠得整整齐齐，上面统一盖一条白单子。毛巾脸盆等洗漱用品一律整齐摆放在固定位置。杨行正记得，夏天的校服是黄色中式装，衬衫裤子一色，黄艳艳地映照在蓝天下。

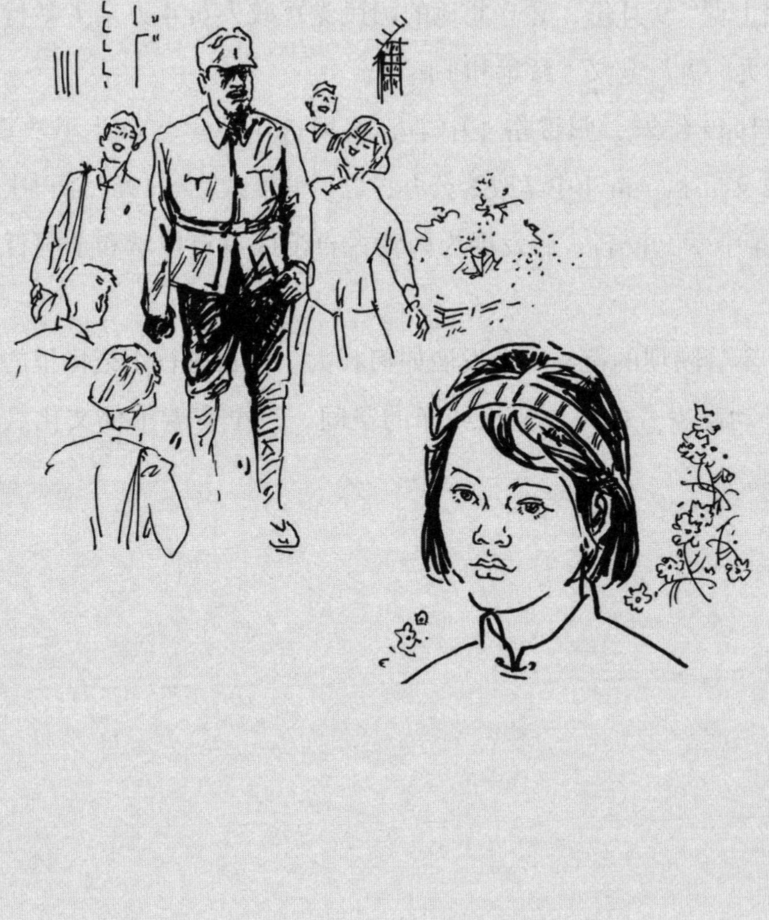

## 再回 1949

  1949年前后，全国各地枪声频繁，然而陕坝只有偶尔能听到。与几年前杨行正跟着父亲在重庆相比，在陕坝的日子简直是两重天。多年后她听说许多城市经过一场一场惨烈的战斗、一批一批悲壮的牺牲，才得以解放，便越发为当初生活在陕坝而庆幸。

  1949年，全国陆续解放。北平和平解放时，陕坝的学生们还在教室上课。9月份，驻守此地的国民党军政人员4万余人举行了绥远"九一九"起义，绥远和平解放。

  1949年末，归绥奋斗中学、陕坝奋斗中学与奋斗小学重组。1952年，私立奋斗中学改为公办，之后几度改名，1989年再次恢复"奋斗中学"校名，后发展为内蒙古自治区重点中学和全国百强中学。

  不管陕坝的奋斗中学发展如何壮大，留在杨行正记忆里的，始终是动乱岁月中一方静谧纯净的空间，一个有着浓郁文化氛围的校园。

> 少女胡若昭，在同龄人当母亲的年龄，还坚持坐在小学教室里。几年后又以 21 岁的"高龄"考入城市的高中。她的动力，或许来自当年袜子里那些秘密。

# 袜子里的秘密

受访人：胡若昭，山西交城人，1932 年出生，1949 年 17 岁

山西交城县石侯镇，解放前属于文水县。胡若昭少年时就生活在这里。

胡若昭与刘胡兰同龄，都是 1932 年出生，她的村庄和刘胡兰生活的云周西村相距二十多里。

1947 年 1 月 12 日，年仅 15 岁的刘胡兰死在国民党的铡刀下。这个消息很快就传到胡若昭耳朵里，传遍整个文水县。

"就是个怕呀"，胡若昭说。此前，老百姓一直骂"勾子军"，这是当地百姓对蒋阎十九军的一种詈称，说他们不断制造恐怖，常常乱棍打死人，但总归觉得都是中国人，要比刚刚离开的日本人强一些。之前日军在当地，老百姓曾亲眼见到他们一人抓着一条腿，残忍地将一个婴儿撕成两半。那时候，胡若昭经常哭着叮嘱母亲：哪

## 再回 1949

天逃难我跑不动了，就把我推进井里啊！

庆幸活着熬过抗战，又遇"勾子军"如此残忍，杀死一个年轻的同胞。一村人，包括亲人，眼睁睁看着少女刘胡兰死在面前。而且，尸体在冰冷的雪中躺了两天。

胡若昭没见过刘胡兰。她在内心却无数次想过，那个时刻，什么样的人出现，可以从铡刀下拯救出这条年轻美丽的生命？

确实，刘胡兰牺牲后，一个英雄策马来到云周西村，悲痛欲绝，大发雷霆，那便是之前与刘胡兰定了亲的八路军战士王本固，河北人，当时是一名连长。在云周西村养伤期间，因为共同的理想信念与刘胡兰结缘，之后郑重订下婚约。没想到离开不久，心爱的姑娘就死在敌人的屠刀下。1949年，王本固在解放太原战役中因作战英勇，晋升为第一野战军第十二团团长。

胜利后的王团长再一次打马归来，云周西村却再也不见那双美丽的大眼睛。

英雄悲痛离开。留给云周西村的，是一个苍凉的背影。

那个时候，与英雄刘胡兰同龄的胡若昭，还坐在小学教室里。连年的战乱，不断的惨案，让她这样的少年过早变得沉默稳重。她们的内心，一定期待一个威武的身影，一副有力的臂膀，一双温暖的手掌。

突然有一天，她惊奇地看到，正上着课的老师突然打开窗户纵身跳出，瞬间消失。胡若昭满心惊讶，却不问，不说。随后学校出现了一些人，恶狠狠、凶巴巴地搜寻。年少的她隐约觉得，定与刚刚翻窗跑掉的老师有关。

这样的事情，之后时有发生。这些越窗而去的老师，是什么人？

胡若昭从未问过。她只是觉得,那些老师飞身走远的瞬间,有一股豪气甩在身后。他们的身上,一定藏着许多秘密。

有一天,藏着秘密的一位老师走近她,把她叫到一个无人的角落。老师从身上掏出几页写着字的纸,快速塞进她手里,小声叮嘱:藏好!谁也别告诉!

当她不知道该往哪藏时,老师一指:袜子。按照老师的吩咐,胡若昭卷起裤角,解开绑带,将几页纸塞进长长的袜子里,抚平,再用带子系好,放好裤腿。

看胡若昭身上无一丝破绽,老师点点头,一闪身走了。

返回教室,胡若昭并未害怕,像往常一样上课。今天说起,她说或许当初不知道老师给的纸上有什么重要东西,或者是不知道那些字里藏着危险,只觉得有一丝神秘,还有一份责任。这一天的心情,当然会与平时有些许不同,或许是盼望,或许是担心。更重要的,是一个神秘而无畏的背影,总闪现在脑中。

直到,纸页的主人平安出现在她视线里。

心照不宣。她默默起身,跟着那个背影再一次来到原地,郑重交接。当然,老师一定会轻轻给她说些表扬与鼓励的话,或者再摸摸她的头、拍拍她的肩,带着秘密转身离开。

之后再发生同样的事,胡若昭总要默默盯着那背影看一阵,再转身。

这样的事,她此后没向任何人说起。只是多年后常常想起,那些背影,一定与那些被"勾子军"乱棍打死的人有着一样的身份。当年在学校,他们是冒着生命危险,暗地里做一些无人知道的大事。

那些既有学识,又有勇气的背影,定格在胡若昭的内心。

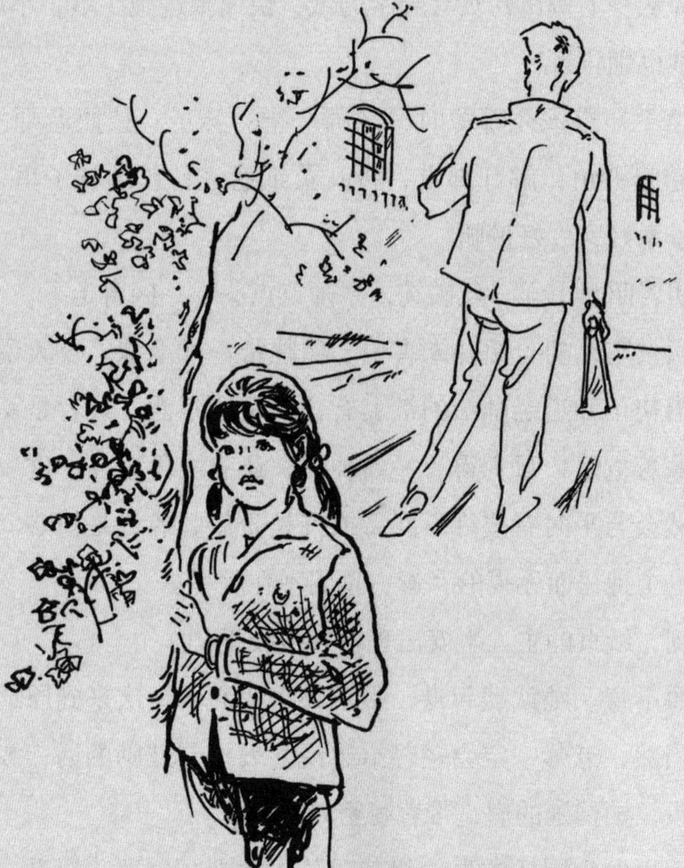

胡若昭所在的石侯镇是一个比较大的村，学校在一所庙里。尽管学生不少，但依旧有许多孩子不上学。有的是自己不想上，有的是家里不重视。与胡若昭同龄的女孩子，许多都嫁了人，有的甚至已经当了妈妈。胡若昭说她的母亲从小就渴望读书，但家里重男轻女，只让男孩读。母亲未能读书的情结，便放在两个女儿身上。从走进学校第一天，母亲就告诉两姐妹好好念书，多识字。胡若昭的想读书，却与母亲纯粹的多识字不同。她的内心，模模糊糊筑着一个梦，燃着一团火，与被手撕的婴儿，与铡刀下的刘胡兰，与越窗而逃的背影，都有一丝说不清的关系。

上下学路上，看到同龄的年轻妈妈抱着孩子坐在大树下、谷场上，竟越发激起胡若昭继续求学的决心，她甚至不会走近她们，俯下身去逗逗那些孩子。她的心，在书里，在远方。胡若昭没有想过，那些年轻妈妈的眼里，是对她这个年龄还背着书包念书而不解，还是对自己不能像她这样旁若无人走在上学路上而羡慕？

或许，胡若昭也会想想这个年龄的女孩子该想的事，结婚，生子。然而想法总是一闪即逝。飘摇的年代，当风雨再来，拯救铡刀下生命的，可是眼前耕田挑粪奶孩子的人？

村里有几位比她大几岁的学生，以优异的成绩考到太原上学。这让胡若昭羡慕不已，也激励不已。

到太原读书，成了她具体而明确的方向。

上完小学上初中。解放后，她又以21岁的"高龄"考入太原第一中学全日制高中。她当时的美术老师，就是今天的著名画家赵梅生。那时候，因为家庭是中农的原因，经济有了一定困难，但她凭借优异的成绩，依靠助学金顺利完成了学业。

## 再回 1949

  至今，她仍不后悔 23 岁才走进婚姻，却为她的丈夫是从太行山抗日战场走出的一名教师而自豪。尽管国家和平安定了，不能像当初那样为苦难的人民作大贡献了，但至少，她能以自己的学识为国家尽力，能以比母亲更多的能力，培养出更优秀的后人。

> 1949年，在浙江省立温州高级中学读高二的温端政，竟然不知道中华人民共和国成立。细问，才知那段时间，他被父亲软禁在家中。

# 被软禁的少年

受访人：温端政，浙江温州人，1932年出生，1949年17岁

隔窗喊叫，大声拍门，无力屈服……这不是电视剧里的情节，而是1949年一个少年的真实写照。

那一年，在浙江省立温州高级中学读高二的温端政，竟然不知道中华人民共和国成立。细问，才知道他被父亲软禁在平阳县麻步乡雷渎村家中。这个远离城市的乡村，那时还处在国民党统治的白色恐怖中。

其实，温州市1949年5月就解放了，可温端政的村子没有一丝气息透进去。他的家乡距离温州市200多公里，现在两个多小时车程，当年得用上两天两夜，先坐人工小船，中间再步行翻山，之后再乘船，才能到达。今天经济发达的温州，当年却破破烂烂，只有6平方千米的城区在抗战中拆的拆、炸的炸，一片狼藉。交通也极

闭塞，不但没有机场、火车站，连汽车也没有，对外交通只有水路一条。

温端政被软禁，是因为他在1948年参加了学校一个组织。这个组织由温州中学地下党领导，叫"群峰读书会"。温州中学地下党又接受浙南游击纵队领导。

此前，温端政发现同班同学卢声亮总有意无意与他接近，有一天更向他抛出一个问题："你说蒋介石是好人还是坏人？"

温端政照实说："我觉得蒋介石是好人，坏就坏在他下面那些人身上，贪污腐败，横行霸道，才把国家搞得不成样子。"

温端政说他当时并没有自己的独立思考，观点是受父亲影响。没想到卢声亮马上反驳："你这观点不对，蒋介石本身就不好，不说别的，你看他如何镇压共产党？"

温端政答不上来。他不知道，卢声亮当时虽然没有加入中国共产党，却早已秘密为党组织服务。随后他向温端政推荐了一些书籍，比如《大众哲学》与《新民主主义论》。

捧着这些书，温端政眼前一亮，思想与认识随之发生了变化。正当他想与卢声亮就一些问题深入探讨时，发现学习成绩极好的卢声亮退学了，跑去浙南参加了游击纵队。不过他并没有放弃温端政，介绍了另一位叫赵承梓的同学继续接近温端政。赵承梓与温端政本是乒友，因此关系更加亲密。

只是温端政不知道，群峰读书会的牵头人之一，就是赵承梓。另一位牵头人是时任温州中学地下党支部书记林景润。于是1948年下半年，温端政成为群峰读书会的一员。

读书会，当然要读书。他们学习的书目主要有毛泽东的《论联合政府》，刘少奇的《论共产党员修养》，以及香港《文汇报》《华商报》《群众》。还有由地下党组织偷偷油印的《浙南周报》。

读书会还有另一项内容，就是开展批评与自我批评，反省自己的思想与言行。

温端政说，当时这个读书会人才济济，成员多才多艺，比如他们曾合力在40周年校庆壁报比赛中夺魁，赢得由校长金嵘轩亲笔题写的一面"最优"锦旗。

经过群峰读书会熏陶的温端政，内心确立了新的方向。1949年暑假回到老家的第一件事，就是把麻步乡在外读书的20多名青年组织起来，给大家讲述共产党的主张，抨击国民党的腐败，号召大家支持共产党，跟着闹革命。当时，社会物价飞涨，法币成为不值钱的纸。国民党造出金圆券，又涨；再换银圆券，依旧涨，人们只能将手里仅有的钱购买物品与粮食。本就对当前形势不满的热血青年们听过温端政的言论后积极响应，活动产生了极大影响。

这可吓坏了温端政的父亲，他当时任平阳县北冈区田赋主任，负责收田粮，也算是国民党部门一名小官员。温端政说这工作其实是承包给父亲的，收的多就有节余，但善良的父亲常常收不够，就会拿家产去充公，为此还曾住过几个月监狱。

或许因这些原因，父亲的胆子更小了。他不能容忍自己儿子牵头组织这样危险的活动，于是果断把他关起来，与外界隔离。

假期里最有意义的活动，被迫中止。

更重要的，是切断了他走向光明的一条路。他哀求，他抗议，他保证，都不行。父亲深知年轻人的热血，更知儿子内心熊熊燃烧的一团火焰。他知道，一旦国民党那边得到风声，儿子必然是死路

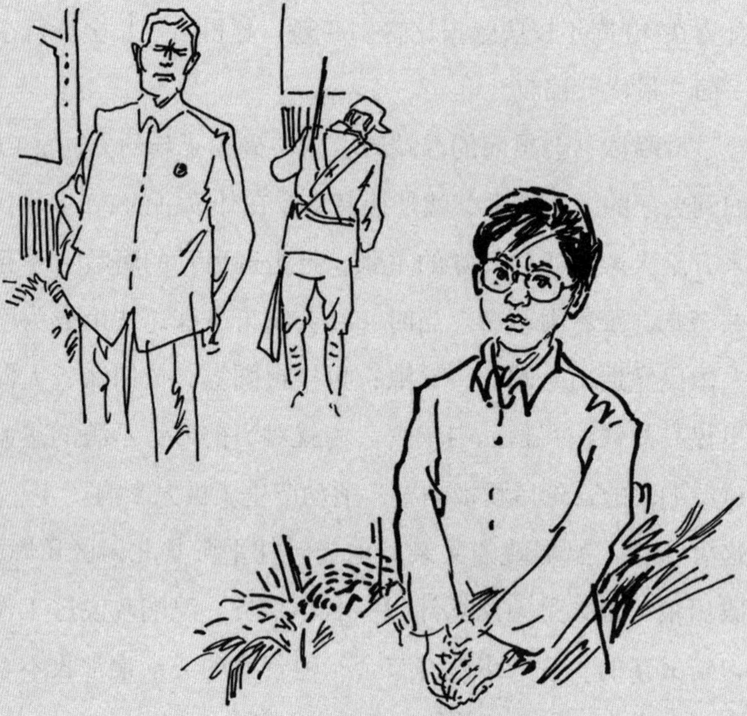

一条。因此这团火，只能由他这个当父亲的强制掐灭。

独自在屋里，一天天盼着，终于到了学校开学的日子。温端政以为，这下父亲该放自己出来了吧？确实，父亲把他放出来了，却不给他一分钱。

没钱，怎么去温州？怎么上学？这正是父亲对他的又一限制手段。他知道，这个儿子一到校，又会继续投入群峰读书会，继续他的言行，或许比之前更加激烈。他不能眼睁睁看着儿子去送死。

走出屋门的软禁。少年温端政没有任何办法改变这种处境，只能一遍遍站在院子里、跑到田埂上，遥望远方的温州，遥想远方的伙伴们。

一脑子的思想与火花，无处发散。温端政说他记不起当初是用什么办法把自己的遭遇传递给读书会的。总之不久之后，读书会便派出一位叫潘国良的同学长途跋涉来到家里，做温端政父亲的工作。

然而，温端政与读书会伙伴们这个算盘，还是打错了。这一做工作不仅没起到作用，反而让他的父亲看到他丝毫没有熄灭的内心，更坚定了不让儿子离开家的决心。

最后的希望也没有了，闲在家的温端政无聊至极。那时家里雇了一名长工，负责种地，还有一位保姆，因此他除了偶尔下地帮帮忙以外，更多时候是心不在焉地看看书，甚至思念当初在学校因为食堂承包者偷工减料吃不饱肚子大闹饭厅的日子。

温端政不知道他被软禁在家的这段时间，读书会里大多数同学都先后退学，带着少年的热情与激昂参加了革命。

他更不知道在家的半年多时间，正是温州市走向解放的艰难时期。1949 年 5 月，经过几番周折，浙南地委机关与游击纵队司令部，在司令员龙跃的率领下从小南门上岸，进入温州城。当月，满大街响彻报童"号外"的欢叫声，群峰读书会必读的《浙南周报》醒目报道了解放温州的消息，题目是"浙南人民解放军一举解放温州"。副标题也让人欣喜：守敌两个团、一个纵队光荣起义。

温州，和平解放了。

那些挺进温州城的解放军队伍里，不知道有没有温端政读书会的同学。后来他知道，读书会牵头之一的林景润，解放后担任了温州学生联合会主席，兼浙江省学生联合会副主席，还是全国学生联合会委员。最初培养他的同学卢声亮，改革开放后成了温州市市长。

直到1950年春天，新中国成立的消息才翻山越岭，传到温端政的村庄，他也终于得以解放，重返校园完成了最后一个学期的学业。

多年以后他常常想，如果不是1949年被父亲软禁，他会不会也退学去参加革命？会不会也走上像林景润与卢声亮一样的道路？

一口一口，少女鲍亚强就在女战士面前吃下人生中第一颗西红柿。从此，再没有一种蔬菜或者水果的味道，超过那个西红柿。

## 西红柿的尘世幸福味

受访人：鲍亚强，江苏泰州人，1932年出生，1949年17岁

泰州有文字记载的历史可以追溯到2000多年前的西周初年，当时叫海阳，属于吴国。后来几次更名，到了南唐（公元937—975年）改为州治，取了"国泰民安"之意，从此成为泰州。明代哲学家王艮、清代文学家刘熙载、著名小说家施耐庵、书画家郑板桥、京剧表演艺术家梅兰芳，都是泰州文化艺术史上的杰出代表。

700多年前，马可·波罗游历承南启北的水陆要津泰州后，留下一句话："这城不很大，但各种尘世的幸福极多。"这种尘世的幸福，包括春赏花海食江鲜，夏享夜游尝八鲜，秋逛湿地吃螃蟹，冬泡温泉喝汤包；包括干丝早茶、沐浴温泉的慢生活；包括尝遍梅府家宴、江鲜宴、溱湖八鲜宴的美食节。

"咦？咦！"泰州人鲍亚强听过这些，嘴一撇，随着身子夸张地

后仰，抛出两个不同的婉转声调。我听出，那个拥有各种尘世幸福的城市，不属于她。确切地说，不属于1949年所属的那个年代。

1932年出生的鲍亚强，刚刚懂事就每天东跑西窜躲炮火。她脑中存着的画面是母亲一早带着孩子们跑上远处的山，晚上才敢回来。后来日本人不进城了，派飞机来。于是每天早晨一下床，母亲就急忙把两张方桌拼起来，将全家的被子高高堆在桌上。做饭，洗漱，一家人不忘竖起耳朵听。一旦隐隐传来飞机的声音，全家人就慌忙钻在桌子下。

鲍亚强亲眼见过飞机将邻家的房子炸塌。

"想来也是自欺欺人，真有炸弹下来，几床被子两张桌子能保护了人？"鲍亚强今天讲来笑个不停，这也是之后多次与母亲聊天时取笑的往事。她说母亲一度听到飞机声就吓得想撒尿，因为她多次亲眼见过断胳膊断腿血淋淋的人被从废墟里拖出来。

鲍亚强也不止一次眼见这些惨状。因此，她童年与少年的世界里，只有黑暗，只有漫长的企盼。

尽管动乱，泰州人依然重视教育。鲍亚强是家里的老大，下面还有5个弟妹。艰苦的条件下，父母还是尽可能坚持让孩子们上学。断断续续，鲍亚强终于上到中学，就是著名的泰州中学，该校始创于1902年，前身是在宋代著名教育家胡瑗讲学旧址上创立的泰州学堂。鲍亚强一直庆幸，尽管经常因为断了学费而休学，她还可以坚持在好的学校接受好的教育。

"想好好读书，长大后走得远远的。"这是鲍亚强当初的最大愿望。于年少的她而言，或许远方是安宁的，是充满尘世幸福的。

鲍亚强的家庭，本不应该贫穷。父亲是大学生，学医，毕业后也成为国民党的一名官员。但是后来,鲍亚强常常听到别人在背后说父亲是"大汉奸"。父亲因此只能在一家私人诊所工作,薪水也就很低。凭着有限的收入,再加上祖上留下的一处房产出租贴补,一家人勉强度日。父亲的两个弟弟都是地下工作者,其中一个还是解放长沙的关键人物,这是家人后来才知道的。

头顶没有飞机的阳光里,休学在家的鲍亚强与母亲一起,照着大大小小的纸样,糊鞋帮,纳鞋底。偶尔与母亲对视一眼,内心便洒满安宁的小幸福。但一到冬天,愁云就写在母亲脸上,大大小小6个孩子,总得一人一身新衣服吧?东拼西凑,姐弟六人总能在大年初一早晨的枕头旁看到各自一身崭新的外套,以及地上的六双新鞋。

在家的鲍亚强,也给一家人做饭。自然没有泰州的海鲜与美食,最常见的是一锅大米饭,一盆炒油菜。晚饭都在天黑前吃,因为不舍得早早点燃那个煤油灯。其实小小的煤油灯也是昏暗的,所以鲍亚强说做活儿一般都在白天。天黑时,晚饭已经吃完。家里漆黑一片,她便与弟弟妹妹及邻家伙伴一起,到街上路灯下享受难得的少年乐趣。

"北风那个吹,雪花那个飘——"突然有一天,街上传来一阵特别的歌声。那个年代,那是一阵既缥缈又亲近的声音。鲍亚强放下手头的活,拔腿跑了出去。

一家商铺前,几名解放军战士,在演绎一个故事。后来,鲍亚强知道这是《白毛女》。她说之前对解放军,心里有点怕,具体原因说不上来。或许是亲历了一场一场的战争,面对过一支一支的队伍。这些背着枪的人,总是令老百姓内心忐忑。

可那一刻，鲍亚强内心突然涌上一股别样的感觉。正在唱"北风吹"的女战士，令人心疼，令人心酸，令人心碎。那一刻，她不是穿军装的战士，她是受苦受难的百姓。

想拥抱她。鲍亚强觉得这是当时身边许多人的强烈感受。

"白毛女"绝望之际，解放军出现了。与世隔绝尝尽世间苦难的"白毛女"，看到了救星，从恐惧，到接受。也就在这一天，鲍亚强说她不怕解放军了，而且内心感觉与他们亲近了，很近。

家门口，竟也开始安宁。

确实，自1945年4月《白毛女》在延安公演后，从此轰动全国，甚至全世界。演一场，红一场；演到哪里，就在哪里掀起感情的风暴。作家丁玲曾回忆当时农村演出《白毛女》的盛况："满村空巷，墙头上、屋顶上、树杈上、草垛上全是人。"许多人从剧中认识到解放军是人民的军队，是一支为人民翻身解放而战的队伍。

并非一场剧，只是几名解放军战士在街上的一场小演出，"白毛女旋风"便吹进少女鲍亚强心里，进而弥散在泰州城。好多人隐约意识到，尘世中那种幸福，或许要来了。

拯救苦难中百姓的解放军，会是百姓长久的救星吗？鲍亚强说盼着盼着，解放军真的来了，来到百姓身边，来到她的家，来到她的面前。

"给你！"圆圆的，红红的，鲜嫩嫩的，似水果一样的东西，被一双温软的手递到她面前。鲍亚强怯怯而好奇地接过，左看右看。

"吃吧。"对方又鼓励她。站在鲍亚强面前的，是和那天街上唱"北风吹"的人一样的女战士。她当时不知道，递过来的这个神奇物不是水果，是蔬菜，名叫西红柿。

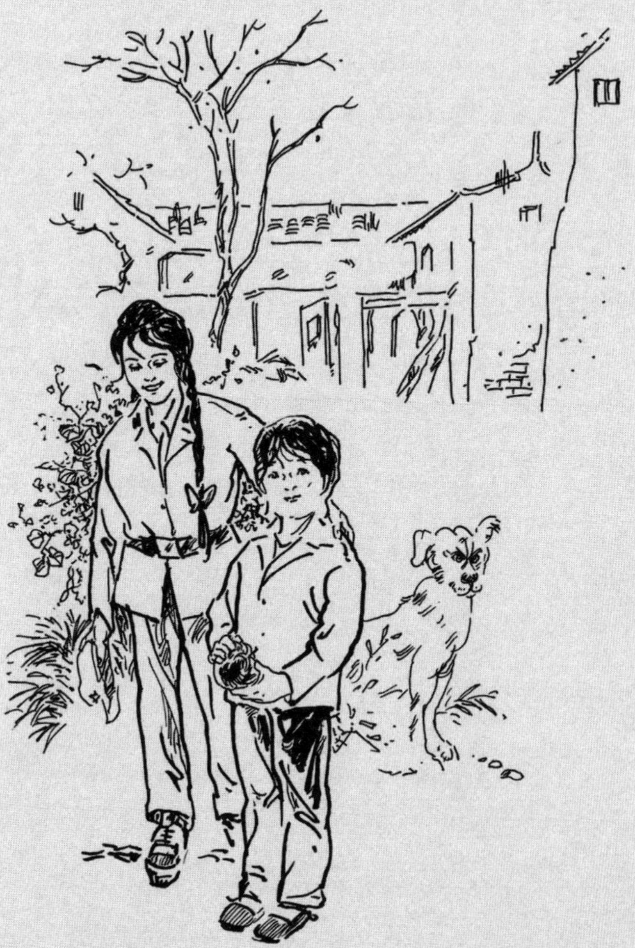

轻轻咬一口,好甜啊。于是她吃,女战士温暖地看。一口一口,少女鲍亚强就在女战士面前,吃下人生中第一颗西红柿。

从此,再没有一种蔬菜或者水果的味道,超过那颗西红柿。

> 没有人可以想象出，在炮声轰隆的战场上，却时时有琴声的悠扬、鼓乐的激昂、色彩的力量。这些色彩与声音，与枪炮声一道，铭刻在 1949 年的战火里。

# 烽火中的色彩与琴声

受访人：李夜冰，河北井陉人，1931 年出生，1949 年 18 岁

解放区长大的孩子李夜冰，从小就极具艺术细胞，尤其擅长绘画。

李夜冰是幸运的。11 岁开始，他在晋冀鲁豫边区平东抗日高等学校读书时，便遇到留英美术老师李秀明，并在他的指导下开始画画。但他从未想到的是，画笔也可以成为武器。

3 年后，14 岁的李夜冰便走进军营，将抗战中的事迹画成一幅幅画。

那时候，李夜冰所在的村子属晋冀鲁豫军区一分区。一系列抗战宣传画让他在解放区有了大名气。1948 年下半年，他被抽调，举着心爱的画笔，走进解放战争。

那时候，正赶上太原战役中最关键的牛驼寨之战。李夜冰记得，

他们走进太原东山黑山坪一带。这是解放太原的第一阶段，也是太原战役中最为艰苦的恶战之一，前后历时 20 多天。

"是赵承绶提供的信息，"在前方的李夜冰总会第一时间得到信息，"所以先攻牛驼寨。"

1948 年 7 月 6 日，"绥靖"公署副主任兼山西省保安副司令、野战军总司令赵承绶在晋中战役中被徐向前部队俘获。之后，徐向前的夫人特意将赵承绶远在上海的女儿与女婿接到太原前线。一家团聚之际，他的五台老乡、旧日同学徐向前又前来劝说，最终赵承绶同意与阎锡山商谈和平解放。

当然，这一计划失败。

尽管赵承绶深谙阎锡山的部署，牛驼寨一战还是费了大周折。到了 1948 年 11 月 13 日，经过先后 9 次爆破、5 次攻击，耗用了 2000 余斤炸药之后，终于炸开顽固的庙碉，夺取了牛驼寨。承担牛驼寨作战任务的是第七纵队，也就是解放军统一番号之后的第一野战军第七军。这场战争让他们付出巨大牺牲，有的营最后只剩下 50 余名战士。

当然，每场战争中除了战士的力量以外，还离不开百姓的支援。整个战役期间，直接参加支前工作的第一线和第二线民工多达 25 万人、民兵 5 万人，参加运输的牲畜 2 万余头。民兵主要负责看管粮食仓库和军用物资，并担任必要的看管俘虏及运送弹药工作。民工既要运送物资，还要负责除障修路等体力活。而无论民兵还是民工，关键时刻还要参加战斗。甚至远在寿阳、阳曲等地区的群众都被动员，男女老少齐上阵。

这感人的一幕幕，李夜冰就用笔刷在醒目处：抢救如兄弟，运输一顶仨！

据统计，太原战役期间，支前民工共运送弹药400万公斤。当然，手无寸铁的这些支前工作者的血肉之躯毕竟无法抵挡战火的无情，以致路途血迹斑斑，203名支前民兵与民工牺牲，746人负伤。

李夜冰记得，他当时到前方时，身边就有3名战士保护。那时根本没有路也不敢走路，都是从避战壕爬过去的。尽管如此，还是有人不断倒下。他的一个当老师的同学，就是在支援东山时中弹牺牲的。

"连棺材都没有。"他至今想来还极遗憾。

多年后，当时的国民党30军第27师师长仵德厚也回忆："当时的太原人不值钱，棺材值钱。"

新华社随军记者萧逸，也是在向双塔寺守军喊话时头部中弹牺牲的。萧逸的岳父，就是著名文学家茅盾，他之后在一封信中写道："萧逸在前线牺牲，我的悲痛是双重的，为国家想，失一有为青年；为他私人想，一番壮志，许多写作计划都没有实现。我已经多年以来，学会了把眼泪化为愤怒，但萧逸之死，却使我几次落泪。"

萧逸的另一位摄影同事李光耀，也在之后攻占太原北门战斗中负伤牺牲。

太原城与牛驼寨之所以难攻，是因为守军布下大大小小坚固的碉堡。另外，其守军除了国军以外，还有不少日本兵。之前日本投降后，阎锡山与日军一拍即合，一方希望利用日军维护统治，一方有心利用阎锡山保存实力，等待时机卷土重来。于是投降的5000余日军留在山西，编入阎军建制。阎锡山也给了他们极高的待遇，所有日军一律官升三级，兵发双饷。

# 再回 1949

尽管工事防御出色，坚固无比，但毕竟大势已去。一座孤城，抗争只是时日的残喘而已。多年后有参战日军回忆："只有几百米高的阵地里，解放军不断冲上来。一到晚上就用山炮、手榴弹等攻打，数千发炮弹将阵地翻了个。我们早已草木皆兵，在炮弹、手榴弹爆炸的火光中一旦闪现出解放军的人影，我们就朝着人影用枪乱打一阵。牛驼寨被照明弹照得格外明亮，我们渐渐地支撑不住了，解放军的兵力是我们的几十倍，太原城内的弹药又无法及时运送上来。战斗咬得很紧。在飞尘、硝烟、炮击的爆炸声中，传来呼唤母亲或妻子名字的呻吟声。受伤后只能默默地躺着。突击的高潮退去后，打量四周，日军士兵们都毫无价值地倒在壕沟内。有的已经奄奄一息，问他最后有什么话要说，他叫唤了一声：'我要回国！'便断气了。"

枪声、炮声、号声、鼓声，也终于停了。墙上的标语、宣传画在逐渐消散的烽烟里时隐时现。

拿下牛驼寨，就犹如拿到打开太原城的一把钥匙。解放后，烈士陵园和解放太原纪念馆先后在这里落成。高大的解放太原纪念碑，外形就是一把竖立的钥匙。

烽烟散尽，极目处一片悲凉。顾不得忧伤，顾不得落泪。李夜冰举着画笔，跨过一个个青春的尸体，转向最后的太原城攻坚。

1949年1月1日，李夜冰到了榆次，走进徐向前部队的宣传科，却发现没有一丝元旦的气息。他说当时这里吹拉弹唱的战士都有，唯独没有画画的。之后的春节，他就和这些文艺战士一起度过，共同吃完一大锅热乎乎的小米焖饭，定格下一生中一个独特的年。

无需鞭炮。战争并没有因为年的到来而停下，李夜冰说，有时突然会恍惚一下，轰隆隆的炮声就是噼里啪啦的鞭炮。

枪声、炮声在猛烈响过一阵后，累了，疲软下来，最终停下来。周围立刻死寂一片。双方的战士，在歇息，在叹息，也在摩拳擦掌。宣传科的战士们便适时拿出各自的武器，二胡、唢呐、锣、鼓，铿铿锵锵吹起来，悠悠扬扬奏起来。

这是家的声音啊，是家门口大戏台上的声音啊，更是正月天闹红火的声音啊。伴着这悠扬欢快的鼓声琴声，一定有战士落下泪来。

没错。这些悦耳绵柔的鼓乐不仅吹给自己听、弹给战友听，更要越过战壕，飞过围墙，送到对手耳朵里。

我们的战士们听到奋进的号角会心一笑。家的距离，越来越近了，他们的拳头，握得更有劲了。而这声音传到敌阵，却似利剑、似刀锋，直指一颗颗本就支撑不住的心。

战地画家李夜冰，当然不会闲着，就在这悠扬的鼓乐声中，一张一张，一份一份，画出眼前的景，画出期盼的心，画出即将到来的黎明。

一边是烽火弥漫，一边是色彩绚烂。

1949年4月24日，长久笼罩的乌云欢快地散去了。太阳，终于冲破炮声、鼓声，迫不及待出现在太原的上空。

走过斑驳的街巷，仰首残败的城墙，一幅幅或温暖或激昂的图画，静静固守在原地，以灰色年代的明艳，咀嚼着曾经的疼痛与暖情。

李夜冰从废墟中走过，偶尔，可看到几根断裂的琴弦、一片残破的鼓皮，或者一支蘸满锅底黑的残笔。

他知道，明天的画面，是真正的明艳。

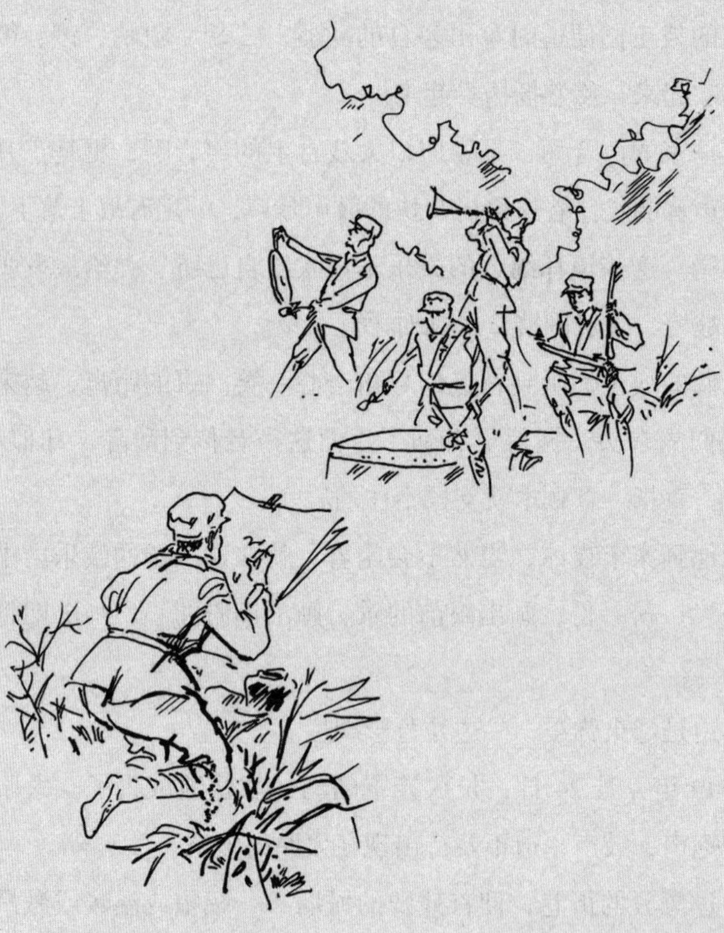

解放临汾时，从昏睡中第三次醒来的刘东才发现周围一片死寂，没了枪声炮声，没了尘土飞扬，没了火光硝烟刀光剑影。又突然发现，他身边全是死人。如果不是自己醒过来，就和那些真正死去的人一样，成了土下人。

## 尸体堆中苏醒

受访人：刘东才，陕西汉中人，1929年出生，1949年20岁

1948年，华北地区陆续解放，好消息接连不断。

3月7日，山西临汾战役正式打响。解放军面对的，是一座固若金汤的"卧牛城"，以至于这场战役长达72天。

那是刘东才第一次上战场。他是冲锋小队中的一名队员，当时按位置排在第二位。

70多年之后，他依然对当时的场景记忆犹新：主阵地在城楼前，后退是一条战壕，再后退就是冲锋小队所处的位置。上级的要求是，从所处位置越过战壕，冲过去守住阵地。让他们这样做，也是给同时在秘密挖地道的爆破队争取时间。

万一冲锋队失败，就走地道。

目的只有一个：炸城墙。

"可是，对面的敌人有三道火线啊！"刘东才清晰地回忆，"我们在外壕，人家是内壕。"

他说的三道火线，第一道在他们阵地不远处对面的战壕中，第二道是城墙根，第三道就是城墙上面。三道火力密集地压着刘东才与战友们。

命令来了！刘东才一跃起身。可似乎没冲几步，就倒下了。他也不知道是子弹还是炸弹，反正把他打晕在战壕里。他说不知道过了多久，他醒了，疼醒了，睁眼看到右手腕"血淋淋的"。再看，一大片皮肉没有了，只剩骨头。

第一次受伤，他却没有害怕。这样的伤，他之前几乎天天见，因此脑子清醒着。退回去吗？战士的誓言却跳出来："轻伤不下火线""死也要拼上去""怕死是狗熊"……于是忍着痛，他继续向前挪动，竟慢慢爬到阵地上。

火力好猛啊！

"子弹打在地上就像炒豆子一样，嗒嗒嗒嗒的，眼前只有尘土乱飞，帘子一样挡在眼前，啥也看不清。"

刘东才再一次晕过去了，他自己用的是"死"这个字。不知道是前面的伤又发作，还是再一次受伤所致。

似乎离开这个世界很久之后，刘东才第二次醒来。

"我又活了！"70多年之后描述，他竟然哈哈哈笑着，"一睁眼突然觉得眼前好亮，又是灯光又是烟火的，像过节闹红火。"

慢慢镇定后，脑子再次清醒，他知道战斗还在进行中，自己还躺在战场上。身边，依旧尘土飞扬。他觉得怕是活不了了，可想想不能这样等死啊。

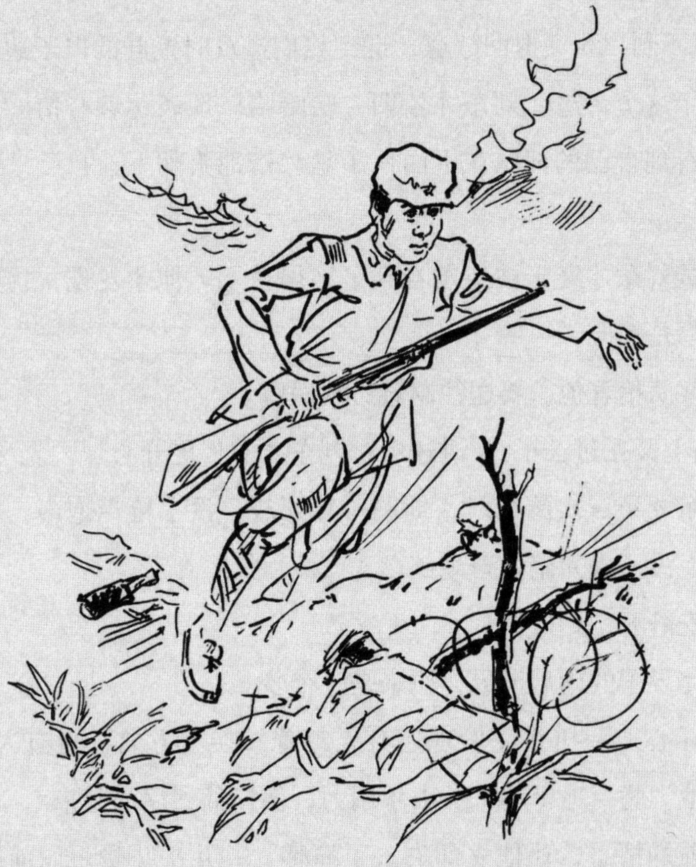

往前，是没有这个能力了，便试着一点点往后退。

那个时候，疼痛只是其次了，或者说已经没了痛感。

求生的欲望支撑着他，独自一点点向后挪动。身边不时要绕过一具两具尸体，却顾不上看看是谁。

"想不到，我又退回战壕，退到我们进攻时挖开的口子边上了。"说到当年这个奇迹，刘东才依旧"哈哈哈"地表达着心情。他探头出去，看到自己的部队在下面，于是兴奋地头朝下让自己"跌"了下去。

伤员刘东才终于被战友看到了，得救了。他才发现，这里全是伤员，都是担架。

担架队抬着他，要送往赵城野战医院。

"路上又死过去了。"讲述中，刘东才笑得更开心。

刘东才第三次醒来时，周围一片死寂，没了枪声炮声，没了尘土飞扬，没了火光硝烟刀光剑影。

真安静啊，真好啊！

没完没了的硝烟世界，原来是一个梦。

他开心地一扭头，发现还有人睡着；换个方向，也有人睡着。忽然，他"腾"地坐起来。由于用力，伤口猛烈疼痛起来。

眼前的情景，让他立即失去了痛感，并几乎吓晕。面前这些战士，哪里是在睡觉，分明是一具具尸体。

刘东才一定是"死"的时间太长了，所以别人才以为他没有呼吸了。

有战士远远看到尸体堆里呆坐着一个人，观察了一阵确定是活人，便过来把他拉出去，放在一个山坡上。

头顶上的阳光照下来。他清醒地知道，这下是真安静了。很快有护理员过来，都是农村找来帮忙的小姑娘。"她们不会做饭，再加上没油，把好好的鸡蛋胡乱炖成团状给病号吃。"刘东才忍不住再一次笑起来，这次不是大笑，是不好意思的偷笑："一坨一坨的，黄黄的，像粑粑。"

吃完病号饭，刘东才就看到有战士在挖一个大大的坑，把之前与他并肩躺着的战友尸体一个个埋了进去。

刘东才冷汗出了好几身。如果不是自己醒得早，就跟他们一样，成了土下人。

很快，让刘东才3次昏迷的临汾城，解放了。1948年底，死里逃生的刘东才跟着部队到了北京通州，成为中国人民解放军总参谋部机要局一名通信兵。

1949年1月31日，解放军进驻北平，这座城市和平解放。2月3日，中国人民解放军平津前线部队，包括装甲部队、摩托步兵、炮兵、坦克部队、骑兵、步兵在内的3万余人举行了盛大的入城典礼。

这一年，刘东才的部队依然驻扎在通州。他记得，那里曾是冯玉祥"老四营"驻扎地。

10月1日，中华人民共和国成立了。近在北京，但他们遵守纪律，并没有去天安门广场，只是在自己的营地欢欣鼓舞。

偶尔，头顶有飞机飞过，却不再会扔炸弹，他们也会认真抬头，盯着看。

尽管第一次进城，第一次进北京，刘东才却没有觉得北京好，他说哪里都是乱哄哄的，包括当时最好的火车站，也是杂乱无序。

北京还有一点不比农村，就是常常尿急找不到解决的地方。尤其战场上当战士多年，脑子里就没有厕所的概念。刚到北京那天，在车站就初遇这样的尴尬，当他好不容易观察良久跟着人在一个过道找到厕所，解完手试着拉动眼前的一根细绳时，哗啦啦的冲水声吓得他转身就跑。

他觉得，那声音比爆炸声还恐怖。

直到新中国成立的第二年，他们到天安门广场庆祝国庆时，又遇到上厕所的尴尬事。不过这次不是他一个人的事。他说男的还好，随便找一个墙根就可解决，女兵就麻烦了。可这问题不解决不行啊，于是她们想出一个办法，那就是谁尿急时，一群女兵自动围成一圈，给小便的人当围墙。

于是只要远远看到一些女兵围成一圈，他们这些男兵就自觉地转过头去。

对1949年的回忆即将结束时，刘东才突然说："其实那时候，还有日本人在中国没有撤走。"他记得当年他送一个科长到北戴河疗养，晚上住在招待所，发现那里的护士都是日本人。

"跟我说话时，是中国话。可她们一扭身互相聊天，就说日语。"

爽朗的刘东才因为表现好，之后被送往石家庄，接受了军校的正规学习，成长为一名有文化的大学生。

> 儿童团长肖江河，每每以老师的身份看到孩子们羞答答地表演，爽朗地笑，欢快地奔跑，就悄悄把自己置身进去，弥补一下童年的缺失。

## "擢蛋蛋"孩子们身后那双眼神

受访人：肖江河，山西武乡人，1929年出生，1949年20岁

1949年，对于山西省武乡县下关村小学老师肖江河来说，有两件大好事，一是他作为老师的级别由丙等升至乙等，待遇由之前每月90斤小米改为120斤小米加60斤小麦。二是中华人民共和国成立了，他参加了县里召开的盛大庆祝大会。

"大概是10月3号？"肖江河记忆不是太清晰，总之消息是从中央传到地方。他还记得，中华人民共和国庆祝大会之后，马上又召开了"新山西成立大会"。

长达38年的阎锡山时代，结束了。

崭新的中国，崭新的山西，崭新的空气。

"没人上课了，没人下地了。"肖江河手一挥，"都去县里参加大会了。"

# 再回 1949

是不是 1949 年 10 月 3 日，都不要紧；会上到底说了些啥，他有没有记得，也不要紧。要紧的是，那一天的县城所在地段村成了人的海洋，几乎全县可以走得动路的人，都去了。

就是要看一眼，不再战争的日子什么样；就是想听一句，以后的生活变成什么样；就是要再次体验一下，久违了的人挤人、热闹红火是什么样。

抗战时期八路军总部武乡，对解放的渴望与欣喜与别处或许不一样。苦难深重的抗战期间，仅 14 万人的县城，就有 9 万人参加了各种抗日组织。武乡人对这片土地挣脱各种桎梏期盼已久。4 年前打跑日本人，武乡举行了盛大的庆典；4 年后换了新天地，武乡人的欢呼怎能不再一次惊天动地？

那一天，整个段村成了一个大舞台。身边是人，路上是人，视野目及处，都是不息的人，涌动的人，激昂的人。大会的舞台就选在当年的马场上，台上首长讲话，台下人山人海，倾听的，呐喊的，鼓掌的，各自表达着一颗颗飞扬的心。周围是满满的标语，各种字体，各种语句，庆祝着这个日子。

在此之前，肖江河就陆续从每天的报纸上得到各地解放的消息。

"标题好大！"好消息接连不断，终于欢乐的歌声掩盖了恐怖的炮声。

自日本人投降后，老百姓的生活就逐渐稳定，失学的孩子们，陆陆续续回到课堂了。肖江河的执教生涯，也满了 3 年。这个 8 岁起就被朱德选中当了砖壁村儿童团团长的少年，一边放哨一边读完小学，1946 年又从县第五高小毕业。

17 岁的肖江河，成了一名人民教师。

日本人投降了，国民党离开了，他在坎坷中由少年成长为青年。放下红缨枪，拿起粉笔头。面对久违的乡村宁静，感慨万千。

他代课的学校在丰州镇下关村，离县城段村只有5里地。这是上关与下关两个村联合办的一所学校，有不到40名学生。那时候尽管不要学费，可家长送孩子上学的积极性并不高。同年级的孩子，年龄往往相差好几岁。比如一年级最小的8岁，最大的有13岁。这里因为有些孩子本身上学时间就晚，还有的是要留级。肖江河说那时候没有不留级的孩子，有笨些的一个年级要"住"3年。

人数最多的是一年级，四年级只有五六名学生。至于课程，小学就是语文与算术。

那时候，规模小的学校比如他所在的下关小学，一个教员要带4个年级的学生。规模大些的，有80多个学生、2名教员。

期中期末考试，是学区统一出题。他说那时候学生负担轻。每天也没有固定的课程表，上几节课也由老师定。一般是上午一节语文课，时间可能一个半小时，也可能两个小时，然后是休息玩耍，再上一节数学课后放学。下午一节语文课，之后是背诵时间。快放学时，每个学生拿着书，站在老师面前背。

到了第二天，语文不开新课，继续默写前一天的课文，用石笔写在小黑板上。老师一个字一个字检查，打了叉的，要重写。他的办法是，不能翻书，先要自己好好想，实在想不起来，可以问同学。他说只有这样，写错的才会被牢牢记住。

背不下课文的，实在默写不下来的，就在教室里罚站。

于是放学后，他常常将完不成作业的学生留下，饿着肚子陪着，逼着他们完成。当然，也会有家长怒冲冲推门而入，说误了他家孩子吃饭。不过他说大多数家长总是叮嘱他:"俺家的,不好好学,就打!"

面对一个孩子,能怎么打?他当时有一个教鞭,急了会在屁股上抽两下。许多时候,他会给学生讲当年红缨枪的故事,讲他有一次在远处,看到邻居一家被日本人从逃难洞里发现,逼出来全部杀害的故事。

然而这些故事,他并不想讲太多。他还是愿意看到孩子们脸上开心的笑,那是他少年时落下的关键一页。

于是在课间,他常常专注看学生们玩一种"撂蛋蛋"的游戏:孩子们围坐成一圈,先由一个人拿着一个纸团围着圈儿转,然后趁谁不注意,悄悄扔下继续跑。如果中"蛋蛋"者发觉了,就赶紧捡起来,接力跑向下一个目标。如果在"撂蛋蛋"的同学第二圈跑过来时还没有发现,中"蛋蛋"者就要站出来表演个节目,或者出个洋相。

他说,那时候孩子们当众表演节目,总是羞答答的。

可他却喜欢极了那种羞答答的表演,爽朗的笑,以及孩子们无忧无虑地跑啊跑。他当年,也是因为一跑,一攀爬,让朱老总选中。可自己当年的跑,大多时候是逃,不小心就碰到枪,不小心就遇到刀。尽管朱老总吩咐他们放哨不要耽误学习,可那书怎能看到心里?

远远坐着,以老师的身份看孩子们在阳光下自由奔跑,总会悄悄把自己置身其中,弥补一下童年的缺失。

也因此,孩子们即便犯了错,他也不太舍得打。好不容易熬出来的笑声,干吗要打没了呢?

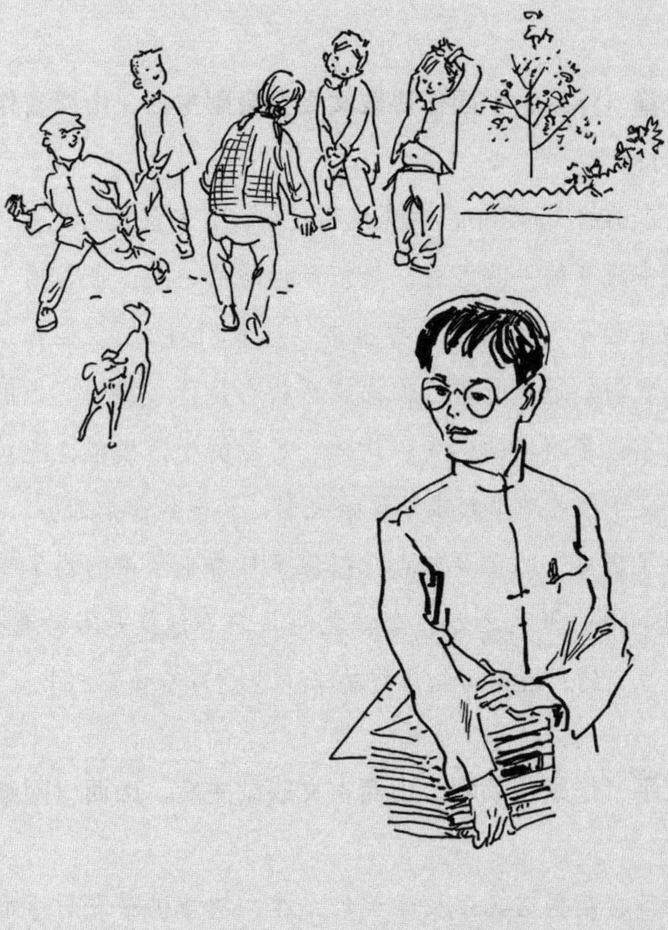

# 众说《再回1949》

**张锐锋〔作家,中国作协散文委员会副主任,山西省作协原驻会副主席〕:**

面对宏阔的1949年,蒋殊找到一个被我们忽视的视角,甚至是别人叙事中放弃的一些经验。她把最温馨的一刻,把普通人生活中最闪耀的东西从时间深处挖掘出来,让我们对1949年有了一个新认识,让我们知道那时候人们的生活状态是什么样子。她用最少的事实呈现出最多事实的感受、认知、思考的生活模型,把过去一粒粒珍珠用文字精美地串起来呈现给我们,又把我们拉回去。这部书,蒋殊抓住了历史上的重要节点,抓住了日常生活中的温馨一刻,使我们发现其中的母性之爱、童心之纯。它不仅仅是写给青少年的,也是写给我们的;既是写给历史的书,也是写给现实的书。

**张卫平〔作家、编剧,山西省文联副主席、山西(网络)文学院院长〕:**

福克纳在获得诺贝尔文学奖后,在一次演讲中有句话很令人动容:"诗人的声音不应只是人类的记录,而应是使人类永存并获胜的支柱和栋梁。"蒋殊就是这样,再丑陋的东西,也能从其间发现人性闪光的那一点。她的精神力量是向上的,《再回1949》一如她的其他文学作品,她一点点从烽火与伤痛中打捞出人性光辉的一面,引导人们向上，向善，让读者看到文学作品的价值与意义，不仅是对生活的呈现，重要的是发现人与生活的真谛与价值。

**徐大为（作家、山西省作协副主席）：**

盈手万钧必起于锱铢，竦秀凌霄必始于分毫。作家也罢，媒体也好，当今最紧迫的任务就是在见证者逐渐逝去时，让国家历史的传播不中断。蒋殊抓住了重要的历史节点，将我们国家、民族最苦难和最辉煌的经历之最关键时刻呈现出来。

**陈为人（传记作家）：**

宏大叙事的空间，也能有如此精雕美琢以小见大的细部。这部作品展开的一如作者的抗日题材散文集《重回1937》，关注的是壮烈场景下的小人物命运。知大而识小，使蒋殊"左右逢源"，通过风云岁月的时间节点，展现出凝固于历史瞬间的人物命运。把笔触对准少年童年，写出那个年代的特征，对未来充满憧憬和期盼，真要为蒋殊如此绝妙的切入点拍案称绝。

**仇苗苗（上海奉贤区庄行学校党支部书记、校长，中学高级教师）：**

蒋殊的《再回1949》另辟蹊径，将视角聚焦于芸芸众生，将历史的碎片拼凑，还原成波澜壮阔、沉甸甸的画面，让我们读到了当时少年有温度的记忆，看到在那个战火纷飞、千疮百孔的岁月里，他们从未退缩，从未惧怕，从未失去过梦想，从未停下前进的脚步，始终目光如炬，恪守品格，坚守着对未来的希望，小小身躯中渗透出的一股温暖与力量、责任与担当，真可谓"心之所向，素履以往"，读来着实令人动容！不禁感叹一声"壮哉，我中国少年，与国无疆"！

**安晓兵（青岛大学路小学校长）：**

"文章千古事，得失寸心知。"《再回1949》是一部尽职之作，是呈现给少年读者们的一本真实的、正能量的好书。再回1949，回顾解放前动荡岁月困苦艰难；再回1949，重温解放后幸福生活来之不易。书中受访人都经历过战争，他们听闻或目睹过战争的惨烈场面，也见证了新中国逐步走向繁荣富强。书中每一位人物的成长经历都是那样鲜活和生动，可以读出他们对美好生活的无限向往，体悟他们吃苦耐劳的坚毅品质和他们对新中国的无比热爱。知古鉴今，以史明智。通过阅读《再回1949》，一定能够让青少年开启一个全新视界，从读书中充分感悟今天幸福生活的来之不易，知道今天的好日子是无数先辈用青春与热血拼搏而来的。

**刘媛媛（评论家，太原学院中文系主任）：**

作家迟子建认为，历史就是日常，再宏大的历史也是由无数人的日常组成的。蒋殊正是抓住这样的特点，从一个很小的入口，把1949这个重大的历史节点展现出来，她选取的人物基本都是普通人，他们在这些重大历史时刻的人生瞬间，既包含了个人命运，又让今天的读者看到个人与时代密不可分的命运联系。蒋殊通过对一个个有血有肉的人物描写，复活和再现了历史进程中一个个小片段小角落，让抽象冰冷的历史变得具象温暖。她用娓娓道来的笔法、温情脉脉的视角，在残酷恐怖的兵荒马乱中传达出温暖和希望。

**陈威（作家、山西省女作家协会秘书长）：**

《再回1949》是写给今天的少年的，作者不仅是以作家的身份，也是以母亲的身份。书里所蕴含的，除了一份作家的担当和责任以外，还有母亲的一片慈心和关爱。这本书充满了温情，讲述了一系列遥远而真实的故事，充满了生动的细节、口语化的表达，弥补了当今课堂教育和家庭教育的不足。

**尹小华（作家，评论家）：**

《再回1949》用"那时的少年，那时的梦"，真情书写了一段必须铭记的历史，唱出了充满力量的梦想礼赞。蒋殊思维缜密，情感真挚，叙述沉稳，抒写平和自然，文字如行云流水，润物无声，亲切感人，犹如刚刚沐浴了一场春雨，温暖而清新，质朴而纯净。这是珍贵的历史资料，这是爱国主义的生动教材，字里行间都闪烁着时代的光芒，给人以感动与震撼。天地之初，如约而至，仿佛又将我们带入那条浩荡澎湃的历史长河，感受着文中那些在时代困顿中的少年们，忽然之间开启了一扇命运之门，看到了黎明曙光，翻开了崭新而光辉的一页。

**徐晓梅（书法家、山西省书法家协会副主席，山西女子书法家协会主席）：**

像《重回1937》一样，《再回1949》第1版出版后，我依然是第一时间买回去与所有的老师分享。书中一个个真实人的回忆，让那个特殊时代的气息悠忽而近。蒋殊发现了这些小人物的命运，以及历史深处的痕迹，填补了历史空白。她从小处看历史，从一个

# 再回1949

个细处看世间波澜壮阔的变化。这本书，我们的老师读罢又给孩子，可以说是教育了两代人。

**王芳（作家，《映像》杂志副主编）：**

1949年于我们没来得及经历的人群而言，也许就只是天安门城楼上那一声"中国人民站起来了"，更多的平行在那个年岁里的人们又都是什么样子呢？也许我们并没有去想，以为它不重要。看完这本书才知道它相当重要！那一年，芸芸众生的丰富表情才是历史真正的面容，这样民间史一样的记录才让历史真正地生动和动容，才让1949这一界碑式的年份变得可感可触可歌可泣。这一个年份，在一定的凌云式的高度上俯视下来，才发现它在民间，它有人民性，就藏于我们周围而被我们忽略掉。从这个意义上说，这些散乱而温暖的记忆不仅仅属于儿童，这是中国历史、中国情感、中国记忆、中国表情。

**陈小燕（作家）：**

《再回1949》给予人的是安慰与抚摸，那些最纯最真的记忆似寒夜的篝火，物质的匮乏、亲人的流离、战争的恐慌都在火焰中有了一生的安妥。胜利，解放，中国人民从此站起来了，这是一个强大的背景，少年与祖国一起站在时代的门槛，有携力共进的激励与共勉，有对祖国的自豪与骄傲。蒋殊并不回避苦难深重的祖国对少年的影响，家境富裕者也不能游离时代的河流，给人的是笃实与坚定，是向上向前的动力源泉。温暖人心的正是那些细细软软的生命涟漪，是爱与善良。

**李夜冰（画家，《再回 1949》受访人之一）：**

1948 年下半年，我作为战地画家，全程参加了解放牛驼寨战役，那是非常惨烈的一场战役。1949 年 1 月 1 日，又转战榆次，准备攻坚太原。我用手中画笔将一幅幅感人的场面写出来、画出来，比如"抢救如兄弟，运输一顶仨"。那个年代的人受了很多苦，但我们始终保持坚强的意志、艰苦奋斗的精神。新中国一路走到今天，非常不容易，希望今天的人不忘曾经的苦难，《再回 1949》这本书很珍贵。

**曲润海（剧作家、原山西省文化厅厅长、《再回 1949》受访人之一）：**

1949 年是一个除旧布新的年份，是一个值得纪念值得书写的年份。在全国，这一年把蒋介石赶到了台湾；在山西，结束了阎锡山 38 年的统治。新中国成立的时候，我的家乡，也是阎锡山的故乡河边，举行了庆祝大会。大会上宣布纪念的烈士，第一位是被日本人杀掉的财主村长，第二位是被日本人打死的晋绥军团长，以下才是共产党的人。但是河边第一位共产党人，却不在名单里，至今村里人也不知道。无数隐姓埋名牺牲了的革命人士，真是值得纪念，值得书写！蒋殊开了个好头，这件事还应该接续下去。

**刘改鱼（民歌演唱家、《再回 1949》受访人之一）：**

1949 年，于我而言记忆是深刻的，但我们不会记录，也慢慢遗忘了很多，这是非常大的遗憾，不仅仅是对我们这些亲历过的人，对所有国人都是如此。今天蒋殊把我写进书里，把我们那一代人写进书里，把那些琐碎细微却无比重要的事情写进书里，我很高兴，觉得这很值得，很有价值。

◎跋

# 举目追梦中国人

■ 徐文胜

1910年秋,毛泽东离开闭塞的湖南韶山冲,外出求学。临行前,他改写了一首诗,夹在父亲每天必看的账簿里,表达一心向学和志在四方的决心:

> 孩儿立志出乡关,
> 学不成名誓不还。
> 埋骨何须桑梓地,
> 人生无处不青山。

韶山冲走出的中国少年,以这样的雄心,开启了人生的重要转折。后来成为共和国的缔造者,一代世纪伟人。

1936年,也是梁启超逝世7周年的这一年,他的著作《饮冰室合集》由中华书局出版。煌煌1400万字的巨著中,收录的《少年中国说》广为传播,"少年强则国强"至今溢彩流芳。

今天的大街小巷,《我和我的祖国》时常入耳,唱出了十四亿中国人的共同心声。

不管哪一种形式，都在表达一个共同的主题：我爱你，中国！

在浩如烟海的书海中，这本《再回1949》面世。书的主人公，是共和国元年29个中国青少年。

那是少年中国的缩影。

共和国元年，千疮百孔，百废待兴。三座大山分崩离析在即，正在顽固地做最后的挣扎。少年中国的裂变呼之欲出。

《再回1949》中，从8岁到20岁，29个中国青少年，多年以后成为工人、农民、教师、医生、科研工作者、画家、曲艺家、歌唱家、作家……在同一年的时空下，次第绽放。70多年前中国青少年的内敛和羞涩情态，被作者温婉地收着、压着，以白描的手法，2000字左右一篇的篇幅，跳跃勾勒和细节呈现，吐露出压缩饼干一样的凝练信息。因为时间过去了70多年，当年的一些中年人已作古，书中的主人公都是当年的青少年，因此也成为中国青少年的一个年度切片。

那时的青少年，几乎没有传奇人生的任何预兆，懵懂过，青涩过，张皇过，少不更事过，甚至胆怯过。就像鲁迅曾经说过的，不能指望一个孩子的第一声啼哭就是美妙的诗篇。它就是自然而然、普通寻常、新鲜嘹亮的。这是人性的天然流露，也是逼近人生的本质和真实。

但就在这寻常之间，有一种力量在涌动，在积聚，在隐忍，也在不经意间迸发出火星。1949年，注定是一个超大的年份。滚滚时代浪潮中，中国青少年们，虽然身处不同的时空和背景，禀赋各异，男女有别，但不约而同地绽放星星点点独有的光华，很渺小，极易被忽视，但极其可贵。好在，点点滴滴的纠结和聚合，竟汇集成一股力量，从枝枝杈杈分流分野，逐渐有了共同的走向，推着社会往前走。70多年后，恍若隔世，各自有了别样的人生，甚至天翻地覆，不堪回首，无以言说。当作者蒋殊走近他们，在渐臻佳境的访谈中，他们从当下耄耋老人的视角，和时下的年轻人们一起云淡风轻，一同回望从前，激活记忆，叫醒历史，不仰视、不俯视，平视对话，平常心看待，就有了一个共同的观察维度：发现一些从前的独特，从时代裹挟的洪流中，打捞一些生活本质的碎片，拼接成一个年度的图谱——共和国元年的中国青少年群像，由此成为共和国元年的"蒋殊映像"。

然而，如果仔细阅读会发现，蒋殊在简约跳脱的文字里，并非在时代边缘或者一隅，专门描述小人物的寻常烟火。动荡的年代，注定遭遇一些惊心动魄的场景。烽火连天，步入绝境，风鸣草衰，刀光剑影，饥饿贫穷，刀起头落，诸如这般触目惊心，这些生活不堪承受之重，隔一会儿就蠢蠢欲动，跃然纸上。而每每结尾处，却又水落波平，挥手作别，举重若轻，何等洒脱！如此天壤之别、落差巨大，似乎毫无违和感，集于一身，令人讶异，真有点儿骇人！不过，我也相信自己的眼力，蒋殊的创作毕竟有延续性，不装，文风率真，更无故弄玄虚。笔，汩汩流淌；心，随之驿动。我思故我在，我在故我书，我书即我心，我心是我思。

如果再仔细阅读，每一篇都是感性跳跃的文字，并非理性逻辑之范式语言。突然想到，如果这些形态各异、富集信息量的时光故事，由无声胜有声的演员来演绎，每一篇都可以是一部很好的微电影。

与以往的写作一样，蒋殊关注的依然是大背景下的"小"事件，

"小"事件下的小人物。事件之小，是相对于国家的大事件；但对于当事人，文中的小事件，绝对是天大的事件！而大背景，则无论大事件还是小事件，均为共同的背景，绝无二致。蒋殊以这样的方式，把文章的起点和电影的取材，拉到了一条起跑线上，并形成了自己的独特聚焦。

也许，很多人从未想过芸芸众生的小人物和国家的联系如此休戚相关。时势造英雄，但英雄不仅仅是叱咤风云之关键少数，从其精神本质亦是多元。毛主席曾有言"人民且只有人民，是推动历史前进的真正动力"。

身逢大事件，或者所谓小事件，是人生的不同际遇；遇事秉持铮铮风骨，是英雄的共同标配。

《再回1949》所写的人物，之后怎么样？由于本书定位，作者没有延续讲。不过据蒋殊讲，老人们热爱生活，心态平和，对世界的好奇和温良竟然惊人的相似。其中两位，我见过或熟悉——刘改鱼和曲润海。他们都是宝刀不老，青春永在。刘改鱼是民歌大家，出演小妹妹依然窈窕少女，情态自然；曲润海曾经大戏佳作不断，是全国戏曲界响当当的学者型离休官员。

按照先贤梁启超的说法，"国之老少，又无定形，而实随国民之心力以为消长者也"。以国力民心观之，75年的共和国，何尝不是少年中国，英姿勃发？29位尊敬的老人，又何尝不是中国少年，"壮丽浓郁翙翙绝世"？！

试看东西南北中，举目追梦中国人。《再回1949》，一个经典年份的人性群像读本，以文学的形式，发挥独特的笔法，发掘非凡的记忆，发现平凡的力量，发扬守正的意念，发散熠熠的锋芒！

用心讲述非凡记忆!
用力铸就光荣梦想!

───────── ★ ★ ★ ─────────